我与农村的关系是鱼与水的关系，是土地与禾苗的关系。

我的高密

莫言

散文卷

作家与故乡

中国青年出版社

单廷秀在村里转圈
一眼看中了我奶奶

邓辉
剪纸

巧女前夕出红高粱

乙丑秋 草

言 题

给哥哥们唱个曲吧

不吱声，颠她

序 我的高密

　　我的朋友李亚，与我一样，都是从军艺文学系毕业出来的。他一直称呼我"莫言老师"，但其实，他在很多问题上，足可以当我的老师。我每次和他谈话，都会从他那里得到许多的信息，让我知道了很多值得一读的新书，让我了解了在旧书的收藏和流通过程中发生的趣事。

　　小申是李亚的太太，在中国青年出版社当编辑，是那种十分敬业十分执着的编辑。她很早就要编我的书，但我一直没有书让她编。后来她说要从我的旧作中选编一部与我的故乡高密有关的散文集，我说都已经出过了，不要再出了。但小申坚持要出，她说她要用自己的角度编一本与众不同的书。我答应了，但是一直没提供给她稿子，潜意识里还是希望她忘记这事。

　　今年春天，我跟父亲通话，父亲说北京来了一个编辑，满腿都是泥巴，好像是刚从河里摸鱼上来的，看样子不像个编辑。我一时也猜不到是谁。上网看到了小申的邮件，知道她去了高密，那几天高密下雨，她一个人到河沟里、田野里找感觉，弄得浑身是泥。为编一本书，要风里来雨里去，到作家的故乡去考察体验，这种敬业法，着实让人感动。我如果再不同意她编我的书那就太不像话了。我给父亲打电话，说那个浑身泥巴的人，的确是个编辑。

小申拍了很多高密的照片，河，桥，池塘，麦苗，羊和放羊的人，等等，在我眼里都是毫无美感的东西，但小申认为很美。近年来经常有人到高密去找红高粱和我笔下所写的景物，但都是满怀希望而来，满心失望而去。那里几乎可以说"什么都没有"，只有处处可见的平凡景物。我不知道小申是不是失望，但我希望她失望，她失望了，就会明白作家和他的故乡以及他的故乡与他的作品的关系。

这本书编选的角度很好，题目叫《我的高密》也很好。这本书是我与这对夫妻的友谊的见证，当然这本书里也有我的童年、梦想、以及我半生的足迹。

2010年8月23日

目录

1

我和羊

羊的种类繁多，形态各异，但给我印象最深的是绵羊。

20年前，有两只绵羊是我亲密的朋友，它们的模样至今还清晰地印在我的脑海里。那时候，我是什么模样已经无法考证了。因为在当时的农村，拍照片的事儿是很罕见的；六七岁的男孩，也少有照着镜子看自己模样的。据母亲说，我童年时丑极了，小脸抹得花猫绿狗，唇上挂着两条鼻涕，乡下人谓之"二龙吐须"。母亲还说我小时候饭量极大，好像饿死鬼托生的。去年春节我回去探家，母亲又说起往事。她说我本来是个好苗子，可惜正长身体时饿坏了坯子，结果成了现在这个弯弯曲曲的样子。说着，母亲就泪眼婆娑了。我不愿意看着母亲难过，就扭转话题，说起那两只绵羊。

记得那是一个春天的上午，家里忽然来了一个衣衫褴褛的老头。我躲在门后，好奇地看着他，听他用生疏的外地口音和爷爷说话。他从怀里摸出了两个饼给我吃。饼是甜的，吃到口里沙沙响。那感觉至今还记忆犹新。爷爷让我称那老头为二爷。后来我知道二爷是爷爷的拜把子兄弟，是在淮海战役时送军粮的路上结拜的，也算是患难之交。二爷问我："小三，愿意放羊不？"我说："愿意！"二爷说："那好，等下个集我就给你把羊送来。"

二爷走了，我就天天盼集，还缠着爷爷用麻皮拧了一条鞭子。终于把集盼到了。二爷果然送来了两只小羊羔，是用草筐背来的。它们的颜色像雪一样，身上的毛打着卷儿。眼睛碧蓝，像透明的玻璃珠子。小鼻头粉嘟嘟的。刚送来时，它们不停地叫唤，好像两个孤儿。听着它们的叫声我的鼻子很酸，眼泪不知不觉地就流了出来。二爷说，这两只小羊羔才生出来两个月，本来还在吃奶，但它们的妈不幸死了。不过好歹现在已是春天，嫩草儿已经长起来了，只要精心喂养，它们死不了。

当时正是20世纪60年代初，生活困难，货币贬值，市场上什么都贵，羊更贵。虽说爷爷和二爷是生死朋友，但还是拿出钱给他。二爷气得山羊胡子一撅一撅的，说："大哥，你瞧不起我！这羊，是我送给小三耍的。"爷爷说："二弟，这不是羊钱，是大哥帮你几个路费。"二爷的老伴刚刚饿死，剩下他一个人无依无靠，折腾了家产，想到东北去投奔女儿。他哆嗦着接过钱，眼里含着泪说：

“大哥，咱弟兄们就这么着了……”

小羊一雄一雌，读中学的大姐给它们起了名字，雄的叫“谢廖沙”，雌的叫“瓦丽娅”，那时候中苏友好，学校里开俄语课，大姐是她们班里的俄语课代表。

我们村坐落在三县交界处。出村东行二里，就是一片辽阔的大草甸子。春天一到，一望无际的绿草地上开着繁多的花朵，好像一块大地毯。在这里，我和羊找到了乐园。它们忘掉了愁苦，吃饱了嫩草，就在草地上追逐跳跃。我也高兴地在草地上打滚。不时有在草地上结巢的云雀被我们惊起，箭一般射到天上去。

谢廖沙和瓦丽娅渐渐大了，并且很肥。我却还是那样矮，还是那样瘦。家里人都省饭给我吃，可我总感到吃不饱。每当我看到羊儿的嘴巴灵巧而敏捷地采吃嫩草时，总是油然而生羡慕之情。有时候，我也学着羊儿，啃一些草儿吃，但我毕竟不是羊，那些看起来鲜嫩的绿草，苦涩难以下咽。

有一天，我无意中发现谢廖沙的头上露出了两点粉红色的东西，不觉万分惊异，急忙回家请教爷爷。爷爷说羊儿要长角了。我对谢廖沙的长角很反感，因为它一长角就变得很丑。

春去秋来，谢廖沙已经十分雄伟，四肢矫健有力，头上的角已很粗壮，盘旋着向两侧伸去。它已失去了俊美的少年形象，走起路来昂着头，一副骄傲自大的样子，很像公社里的脱产干部。我每每按着它的脑袋往下按，想让它谦虚一点。这使它很不满，头一摆，就把我甩出去了。瓦丽娅也长大了。它很丰满，很斯文，像个大闺女。它也生了角，但很小。

我的两只羊在村子里有了名气。每当我在草地上放它们时，就有一些男孩子围上来，远远地观看谢廖沙头上的角。并且还打赌：谁要敢摸摸谢廖沙的角，大家就帮他剜一筐野菜。有个叫大壮的逞英雄，蹑手蹑脚地靠上去，还没等他动手，就被谢廖沙顶翻了。我当然不怕谢廖沙。只要我不按它的脑袋，它对我就很友好。我可以骑在它的背上，让它驮着我走好远。

有好事者劝爷爷把羊卖了，说每只能卖300元。听到这消息，我怕极了，也恨极了。天黑了，不回家，想和羊在草地上露宿。爷爷找到我们，说："放心吧，孩子，我们不卖，你好不容易将它们放大，我们怎么舍得卖？"

在草地上放牧着的还有国营农场一群羊。其中一只头羊，听说是从新疆那边弄来的。那家伙已经有六七岁了，个头比谢廖沙还要大一点。那家伙满身长毛脏成了黄褐色，两只青色的角像铁鞭一样在头上弯曲着。那家伙喜欢斜着眼睛看人，样子十分可怕。我对这群羊向来是避而远之。不想有一天，我的两只羊却违背我的意愿，硬是主动地和那群羊靠拢了。那个牧羊人看上去有二十七八岁，穿着一身邋遢的蓝布学生装，鼻梁上架着"二饼"，一张小瘦脸白惨惨的，像盐碱地似的。这人很热情地对我说："小孩，你这两只羊放得不错！"我骄傲地扬起头。他又说："可惜品种不好，如果你这只母羊能用我们这只新疆种羊交配，生出的小羊保证好。"说着，他指了指那只丑陋的老公羊。我急忙想把我的羊赶走，但是已经晚了。那只老公羊看见了瓦丽娅，颠颠地凑了上来。它的肮脏的嘴巴在瓦丽娅身后嗅着，嗅一嗅就屏住鼻孔，龇牙咧唇，向着天，做出一副很流氓的样子来。瓦丽娅夹着尾巴躲避它，但那家伙跟在后边穷追不舍。我挥起鞭子愤怒地抽打着它，但是它毫不在乎。这时，谢廖沙勇敢地冲上去了。老公羊是角斗的老手，它原地站住，用轻蔑的目光斜视着谢廖沙，活像一个老流氓。第一个回合，老公羊以虚避实，将谢廖沙闪倒在地。但谢廖沙并不畏缩，它迅速地跳起来，又英猛地冲上去。它的眼睛射出红光，鼻孔张大，咻咻地喷着气，好像一匹我想象中的狼。老公羊不敢轻敌，晃动着铁角迎上来，一声巨响，四只角撞到一起，仿佛有火星子溅出来。接下来它们展开了恶斗，只听到乒乒乓乓地乱响，一大片草地被它们的蹄子践踏得一塌糊涂。最后，两只羊都势衰力竭，口里嚼着白沫，毛儿都汗湿了。战斗进入胶着状态，四只羊角交叉在一起。谢廖沙进三步，老公羊退三步；老公羊进三步，谢廖沙退三步。我急得放声大哭。大骂老公羊，老公羊不理睬。大骂牧羊人，牧羊人也不理睬。牧羊人根本就没听到我的叫骂，他低着头，只顾在一个夹板上画着什么。这个坏蛋。我冲上去，用鞭杆子戳着老公羊的屁股。牧羊人上来拉开我，说："小兄弟，求求你，让我把这幅斗羊图画完吧……"我看到他那夹板的一张白纸上，活生生地有谢廖沙和老公羊相持的画面，只是老公羊的后腿还没画好。我这才知道，世上的活物竟然可以搬到纸上。想不到这个窝窝囊囊的牧羊人竟然有这样大的本事。我对他不由得肃然起了敬意。

牧羊人和我成了很好的朋友。我们每天都在大草甸子里相会。他使我知道了许多稀奇古怪的事情，我也让他知道了我们村子里的许多秘密。他把那幅斗羊图送给了我，并在上边署上了龙飞凤舞的名字。我如获至宝，双手捧回家，家里人都称奇。我用一块熟地瓜把斗羊图贴在了墙上。

姐姐星期天回来背口粮，看到了墙上的斗羊图，说画这画的是省里挺有名的画家，可惜被打成了右派。当天下午，我就介绍姐姐和牧羊人认识了。

后来，老公羊和谢廖沙又斗了几次，仍然不分胜负，莫名其妙地它们就和解了。

第二年，瓦丽娅生了两只小羊，毛儿细长，大尾巴拖到地面，果然不同寻常。这时，羊已经不值钱了。4只羊也值不了100块，我知道爷爷有点后悔，但他嘴里没说。

弹指就是20年，爷爷已经90岁。我当兵也有了些年头。去年我回去探亲，爷爷说：那张羊皮，已经被虫子咬烂了……你二爷，大概早就没了吧……

爷爷说的那张羊皮，是谢廖沙的皮。当年，它与老公羊角斗之后，性格发生了变化，动不动就顶人。顶不到人时，它就顶墙，羊圈的墙上被它顶出了一个大洞。有一次，爷爷去给它饮水，这家伙，竟然六亲不认，把爷爷的头顶破了。爷爷说：这东西，不能留了。有一天，趁着我不在家，爷爷就让四叔把它杀了。我回家看到，昔日威风凛凛的谢廖沙已经变成了肉，在汤锅里翻滚。我们家族里的十几个孩子，围在锅边，等着吃它的肉。我的眼里流出了泪。母亲将一碗羊杂递给我时，我心里虽然不是滋味，但还是狼吞虎咽了下去。

瓦丽娅和它的两个孩子，也被爷爷赶到集上去卖了。

后来，姐姐跟着牧羊人走了。那张斗羊图是被姐姐揭走了呢，还是被母亲引了火，我已经记不清了。

2

我与音乐

　　音乐，从字面上，大约可以理解为声音的快乐或声音带给人的快乐。从名词的角度理解，就要复杂得多，几句话说不清楚。我想最原始的音乐大概是人用自己的器官来模拟大自然里的声音。譬如要抓野兽，就模拟野兽的叫声；不但引来了野兽，而且很好听，于是不断重复，并且学给同伴们听，这就既有创作，又有表演了。不抓野兽时，要召唤远处的同类，就仰起头、发出悠长的吼叫。有的吼得好听，有的吼得不好听，吼得好听的就是歌唱家。大自然里的声音有好听的有难听的，好听的让人快乐，不好听的让人不快乐。让人快乐的声音就是最早的音乐。渐渐地，单用器官发出的声音已经不能满足需要，于是就用树叶、竹筒或是其他的东西来帮助发音。这些东西就是最早的乐器。

我小时候在田野里放牛，骑在牛背上，一阵寂寞袭来，突然听到头顶上的鸟儿哨得很好听，哨得很凄凉。不由地抬头看天，天像海一样蓝，蓝得很悲惨。我那颗小孩子的心便变得很细腻、很委婉，有一点像针尖，还有一点像蚕丝。我感到一种说不清楚的情绪在心中涌动，时而如一群鱼摇摇摆摆地游过来了，时而又什么都没有，空空荡荡。所以好听的声音并不一定能给人带来欢乐。所以音乐实际上是要唤起人心中的情，柔情、痴情，或是激情，音乐就是能让人心之湖波澜荡漾的声音。

除了鸟的叫声，还有黄牛的叫声，老牛哞哞唤小牛，小牛哞哞找老牛，牛叫声让我心中又宽又厚地发酸。还有风的声音，春雨的声音，三月蛙鸣夜半的声音，都如刀子刻木般留在我的记忆里。略大一点，就去听那种叫茂腔的地方戏。男腔女调，一律悲悲切切，好像这地方的人从古至今都浸泡在苦水里一样。紧接着又听样板戏，那明快的节奏能让我的双腿随着节拍不停地抖动。但样板戏不能动人心湖。

1977年初，我在黄县当兵，跟着教导员骑车从团部回我们单位。时已黄昏，遍地都是残雪泥泞。无声无息，只有我们的自行车轮胎碾轧积雪的声音。突然，团部的大喇叭里放起了《洪湖赤卫队》的著名唱段：洪湖水呀浪么么浪打浪，洪湖岸边是呀么是家乡……我们停下了车子，侧耳倾听。我感到周身被一股巨大的暖流包围了。我朦朦胧胧地感觉到：寒冬将尽，一个充满爱情的时代就要来临了。这歌声把我拉回了童年。"二呀么二郎山高呀么高万丈"更把我拉回了童年。炎热的童年的夏天，在故乡的荒草甸子里，在牛背上，听到蚂蚱剪动着翅膀，听到太阳的光芒晒得大地开裂。用葱管到井里去盛水喝，井里的青蛙闪电般沉到水底。喝足了水，用葱管做成叫子，吹出潮湿流畅的声音，这就是音乐了。

时光又往前迅跑了几年，我考上了解放军艺术学院。上音乐欣赏课，老师姓李，是著名的指挥家。他讲了好半天，从秦皇汉武讲到了辛亥革命，只字不提音乐，我们都有些烦。我说，老师，您就少讲点，能不能对着录音机给我们比画几下子呢？他很不高兴地说：我能指挥乐队，但我不能指挥录音机。同学们都笑我浅薄。我一想也真是胡闹。人家是那么大的指挥家，我怎么能让人家指挥录音机呢？

我还写过一篇题名《民间音乐》的小说呢，读了这篇小说的人都认为我很有点音乐造诣，其实，小说中那些音乐名词都是我从《音乐欣赏手册》里抄的。

我们村子里有一些大字不识一个的人能拉很流畅的胡琴。他嘴里会哼什么手里就能拉出什么。他闭着眼，一边拉一边吧嗒嘴，好像吃着美味食品。我也学过拉胡琴，也学着村中琴师的样子，闭着眼，吧嗒着嘴，好像吃着美味食品。吱吱咛咛，吱吱咛咛，母亲说：孩子，歇会儿吧，不用碾小米啦，今天够吃了。我说这不是碾小米，这叫摸弦。我们不懂简谱，更不懂五线谱，全靠摸。那些吧嗒嘴的毛病，就是硬给憋出来的。等到我摸出《东方红》来时，就把胡琴弄坏了。想修又没钱，我的学琴历史到此结束。那时候，经常有一些盲人来村中演唱。有一个皮肤很白的小瞎子能拉一手十分动听的二胡，村中一个喜欢音乐的大姑娘竟然跟着他跑了。那姑娘名叫翠桥，是村中的"茶壶盖子"，最漂亮的人。最漂亮的姑娘竟然被瞎子给勾引去了，这是村里青年的耻辱。从此后我们村掀起了一个学拉二胡的热潮。但真正学出来的也就是一个半个，而且水平远不及小瞎子。可见光有热情还不够，还要有天才。

我家邻居有几个小丫头，天生音乐奇才，无论什么曲折的歌曲，她们听上一遍就能跟着唱。听上两遍，就能唱得很熟溜了。她们不满足于跟着原调唱，而是一边唱一边改造。她们让曲调忽高忽低，忽粗忽细，拐一个弯，调一个圈，勾勾弯弯不断头，像原来的曲调又不太像原来的曲调。我想这大概就是作曲了吧？可惜这几个女孩的父母都是哑巴，家里又穷，几个天才，就这样给耽误了。

忽然听到了小提琴协奏曲《梁祝》，很入了一阵迷。这曲子缠绵悱恻，令人想入非非。后来又听到了贝多芬、莫扎特什么的，听不懂所谓的结构，只能听出一些用语言难以说清的东西。一会儿好像宁死不屈，一会儿好像跟命运或是女人搏斗。有时也能半梦半醒地看到原野、树木、大江大河什么的，这大概就是音乐形象吧？谁知道呢！

我听音乐并不上瘾，听也行不听也行。对音乐也没有选择，京剧也听，交响乐也听。有一段我曾戴着耳机子写字，写到入神时，就把音乐忘了。只感到有一种力量催着笔在走，十分连贯，像扯着一根不断头的线。可惜磁带不是无穷长，磁带到了头，我也就从忘我的状态中醒了过来，这的确很讨厌。

我看过一本前苏联的小说，好像叫《真正的人》吧，那里边有一个飞行员试飞新飞机下来，兴奋地说：好极了妙极了，简直就是一把小提琴！我快速写作时，有时也能产生一种演奏某种乐器的感觉。我经常在音乐声中用手指敲击桌面，没有桌面就敲击空气。好像耳朵里听到的就是我的手指敲出来的。尽管我不会跳舞，但是我经常一个人在屋子里随着音乐胡蹦跶，每一下都能踩到点子上。我感到我身上潜在着一种野兽派舞蹈的才能。

我可以说是对音乐一窍不通，但却享受到了音乐带给我的快乐。快乐在这里是共鸣、宣泄的同义词。大概绝大多数音乐不是供人欢笑的。让人欢笑的音乐如果有也是比较肤浅的。我基本上知道艺术这东西是怎么回事，但要我说出来是不可能的，不是我不想说是我说不出来。不说出来，但能让你感受到，我想这就是音乐，也就是艺术。

我还想说，声音比音乐更大更丰富。声音是世界的存在形式，是人类灵魂寄居的一个甲壳。声音也是人类与上帝沟通的一种手段，有许多人借着它的力量飞上了天国，飞向了相对的永恒。

我的老师

3

这是一个千万人写过还将被千万人写下去的题目。用这个题目做文章一般地都抱着感恩戴德的心情，当然我也不愿例外。但实际生活中学生有好有坏，老师也一样。在我短暂的学校生活中，教过我的老师有非常好的，也有非常坏的。当时我对老师的坏感到不可理解，现在自然明白了。

我5岁上学，这在城市里不算早，但在当时的农村，几乎没有。这当然也不是我的父母要对我进行早期教育来开发我的智力，主要是因为那时候我们村被划归国营的胶河农场管辖，农民都变成了农业工人，我们这些学龄前的儿童竟然也像城里的孩子一样通通地进了幼儿园，吃在那里睡也在那里。幼儿园里的那几个女人经常克扣我们的口粮，还对我们进行准军事化管理。饥肠辘辘是经常的，鼻青脸肿也是经常的。于是我的父母就把我送到学校里去，这样我的口粮就可以分回家里，当然也就逃脱了肉体惩罚。

我上学时还穿着开裆裤，喜欢哭，下了课就想往家跑。班里的学生年龄差距很大，最小的如我，最大的已经生了漆黑的小胡子。给我留下了印象的第一个老师是一个个子很高的女老师，人长得很清爽，经常穿一身洗得发了白的蓝衣服，身上散发着一股特别好闻的肥皂味儿。她的名字叫孟宪慧或是孟贤惠。我之所以记住了她是因为一件很不光彩的事。那是这样一件事：全学校的师生都集中在操场上听校长作一个漫长的政治报告，我就站在校长的面前，仰起头来才能看到他的脸。那天我肚子不好，内急，想去厕所又不敢，将身体扭来扭去，实在急了，就说：校长我要去厕所……但他根本就不理我，就像没听到我说话一样。后来我实在不行了，就一边大哭着，一边往厕所跑去。一边哭一边跑还一边喊叫：我拉到裤子里了……我自然不知道我的行为带来的后果，后来别人告诉我说学生和老师都笑弯了腰，连校长这个铁面人都笑了。我只知道孟老师到厕所里找到我，将一大摞写满拼音字母的图片塞进我的裤裆里，然后就让我回了家。十几年之后，我才知道她与我妻子是一个村子里的人。我妻子说她应该叫孟老师姑姑，我问我妻子说你那个姑姑说过我什么坏话没有，我妻子说俺姑夸你呐！我问她夸我什么，我妻子严肃地说：俺姑说你不但聪明伶俐，而且还特别讲究卫生。

给我留下深刻印象的第二个老师也是个女的，她的个子很矮，姓于名锡惠，讲起话来有点外地口音。她把我从一年级教到三年级——我自己也闹不清楚上了几次一年级——从拼音字母教起，一直教到看图识字。30多年过去了，我还经常回忆起她拖着长调教我拼音的样子。今天我能用微机写作而不必去学什么五笔字型，全靠着于老师教我那点基本功。于老师的丈夫是个国民党的航空人员，听起来好像洪水猛兽，其实是个和蔼可亲的老人。他教过我的哥哥，我们都叫他李老师，村子里的人也都尊敬他。"文化大革命"期间，兴起来往墙上刷红漆写语录，学校里那些造了反的老师，拿着尺子排笔，又是打格子，又是放大样，半天写不上一个字，后来把李老师拉出来，让他写，他拿起笔来就写，一个个端正的楷体大字跃然墙上，连那些革命的人也不得不佩服。于老师的小儿子跟我差不多大，放了学我就跑到他们家去玩，我对他们家有一种特别亲切的感情。后来我被剥夺了上学的权利，就再也不好意思到他们家去了。几十年后，于老师跟着她的成了县医院最优秀的医生的小儿子住在县城，我本来有机会去看她，但总是往后拖，结果等到我想去看她时，她已经去世了。听师弟说，她在生前曾经看到过《小说月报》上登载过的我的照片和手稿，那时她已经病了很久，神志也有些不清楚，但她还是一眼就认出了我，师弟问她我的字写得怎么样，她说：比你写得强！

第三个让我终生难忘的老师是个男的，其实他只教过我们半个学期体育，算不上"亲"老师，但他在我最臭的时候说过我的好话。这个老师名叫王召聪，家庭出身很好，好像还是烈属，这样的出身在那个时代里真是像金子一样闪闪发光。一般的人有了这样的家庭出身就会趾高气扬，目中无人，但人家王老师却始终谦虚谨慎，一点都不张狂。他的个子不高，但体质很好。他跑得快，跳得也高。我记得他曾经跳过了1.70米的横杆，这在一个农村的小学里是不容易的。因为我当着一个同学的面说学校像监狱，老师像奴隶主，学生像奴隶，学校就给了我一个警告处分，据说起初他们想把我送到公安局里去，但因为我年龄太小而幸免。出了这件事后，我就成了学校里有名的坏学生。他们认为我思想反动，道德败坏，属于不可救药之列，学校里一旦发生了什么坏事，第一个怀疑对象就是我。为了挽回影响，我努力做好事，冬天帮老师生炉子，夏天帮老师喂兔子，放了学自家的活儿不干，帮着老贫农家挑水，但我的努力收效甚微，学校和老师认为我是在伪装进步。一个夏天的中午——当时学校要求学生在午饭后必须到教室午睡，个大的睡在桌子上，个小的睡在凳子上，枕着书包或者鞋子。那年村子里流行一种木板拖鞋，走起来很响，我爹也给我做了一双——我穿着木拖鞋到了教室门前，看到同学们已经睡着了。我本能地将拖鞋脱下提在手里，赤着脚进了教室。这情景被王召聪老师看在眼里，他悄悄地跟进教室把我叫出来，问我进教室时为什么要把拖鞋脱下来，我说怕把同学们惊醒。他看了我一眼，什么也没说就走了。事后，我听人说，王老师在学校的办公会上特别把这件事提出来，说我其实是个品质很好的学生。当所有的老师认为我坏得不可救药时，王老师通过一件小事发现了我内心深处的良善，并且在学校的会议上为我说话，这件事，我什么时候想起来什么时候感动不已。后来，我辍学回家成了一个牧童，当我牵着牛羊在学校前的大街上碰到王老师时，心中总是百感交集，红着脸打个招呼，然后低下头匆匆而过。后来王老师调到县里去了，我也走后门到棉花加工厂里去做临时工。有一次，在从县城回家的路上，我碰到了骑车回家的王老师，他的自行车后胎已经很瘪，驮他自己都很吃力，但他还是让我坐到后座上，载我行进了十几里路。当时，自行车是十分珍贵的财产，人们爱护车子就像爱护眼睛一样，王老师是那样有地位的人，竟然冒着轧坏车胎的危险，载着我这样一个卑贱的人前进了十几里路，这样的事，不是一般的人能够做出来的。从那以后，我再也没见到过王老师，但他那张笑眯眯的脸和他那副一跃就翻过了1.70米横杆的矫健身影经常地在我脑海里浮现。

4

最早发现我有一点文学才能的，是一个姓张的高个子老师。那是我在村中小学读三年级的时候。因为自理生活的能力很差，又加上学时年龄较小，母亲给我缝的还是开裆裤。为此，常遭到同学的嘲笑。有一个名叫郭兰花的女生，特别愿意看男生往我裤裆里塞东西。她自己不好意思动手，就鼓励那些男生折腾我。男生折腾我时她笑得点头哈腰，脸红得像鸡冠子似的。后来，这个那时大概刚从乡村师范毕业、年轻力壮、衣冠洁净、身上散发着好闻的肥皂气味的高个子张老师来了，他严厉地制止了往我裤子里塞东西的流氓行为。他教我们语文，是我们的班主任。他的脸上有很多粉刺，眼睛很大，脖子很长，很凶。他一瞪眼，我就想小便。有一次他在课堂上训我，我不知不觉中竟尿在教室里。他很生气，骂道："你这熊孩子，怎么能随地小便呢？"我哭着说："老师，我不是故意的……"有一次，他让我到讲台上去念一篇大概是写井冈山上毛竹的课文，念到生气蓬勃的竹笋冲破重重压力钻出地面时，课堂上响起笑声。先是女生吃吃的低笑，然后是男生放肆的大笑。那个当时就17岁的、隔年就嫁给我一个堂哥成了我嫂子的赵玉英笑得据说连裤子都尿了。张老师起先还不知道是怎么回事，训斥大家："你们笑什么？！"待他低头看了看我，便咧咧嘴，说："别念了，下去吧！"我说："老师，我还没念完呢。"因为我念课文是全班第一流利，难得有次露脸的机会，实在是舍不得下去。张老师一把就将我推下去了。我堂嫂赵玉英后来还经常取笑我，她摹仿着我的腔调说：春风滋润了空气，太阳晒暖了大地，尖尖的竹笋便钻出了地面……

张老师到我家去做家访，建议母亲给我缝上裤裆。我母亲不太情愿地接受了他的建议。缝上裤裆后，因为经常把腰带结成死疙瘩，出了不少笑话。后来，大哥把一条牙环坏了的洋腰带送我，结果出丑更多。一是"六一"儿童节在全校大会上背诵课文时掉了裤子，引得众人大哗；二是我到办公室去给张老师送作业，那个与张老师坐对面的姓尚的女老师非要我跟她打乒乓球，我说不打，她非要打，张老师也要我打，我只好打，一打，裤子就掉了。那时我穿的是笨裤子，一掉就到了脚脖子。尚老师笑得前仰后合，说张老师你这个爱徒原来是个小流氓……

在我短暂的学校生活中，腰带和裤裆始终是个恼人的问题。大概是上四年级的时候，我写了一篇关于"五一"劳动节学校开运动会的作文，张老师大为赞赏。后来我又写了许多作文，都被老师拿到课堂上念，有的还抄到学校的黑板报上，有一篇还被附近的中学拿去当做范文学习。有了这样的成绩，我的腰带和裤裆问题也就变成了一个可爱的问题。

　　后来我当了兵，提了干，探家时偶翻箱子，翻出了四年级时的作文簿，那上边有张老师用红笔写下的大段批语，很是感人。因为"文化大革命"，我与张老师闹翻了脸。我被开除回家，碰到张老师就低头躲过，心里冷若冰霜。重读那些批语，心中很是感慨，不由得恨"文化大革命"断送了我的锦绣前程。那本作文簿被我的侄子擦了屁股，如果保留下来，没准还能被将来的什么馆收购了去呢。

　　辍学当了放牛娃后，经常会忆起写作文的辉煌。村里有一个被遣返回家劳改的"右派"，他是山东师范学院中文系的毕业生，当过中学语文教师。我们是一个生产队，经常在一起劳动。他给我灌输了许多关于作家和小说的知识。什么神童作家初中的作文就被选进了高中教材啦，什么作家下乡自带高级墨水啦，什么作家读高中时就攒了稿费3万元啦，什么有一个大麻子作家坐在火车上见到他的情人在铁道边上行走，就奋不顾身地跳下去，结果把腿摔断了……

他帮我编织着作家梦。我问他："叔，只要能写出一本书，是不是就不用放牛了？"他说："岂止是不用放牛！"然后他就给我讲了丁玲的一本书主义，讲了那些名作家一天三顿吃饺子的事。大概从那时起，我就梦想着当一个作家了。别的不说，那一天三顿吃饺子，实在是太诱人了。

1973年，我跟着村里人去昌邑县挖胶莱河。冰天雪地，三个县的几十万民工集合在一起，人山人海，红旗猎猎，指挥部的高音喇叭一遍遍地播放着湖南民歌《浏阳河》，那情那景真让我感到心潮澎湃。夜里，躺在地窖子里，就想写小说。挖完河回家，脸上脱去一层皮，自觉有点脱胎换骨的意思。跟母亲要了5毛钱，去供销社买了一瓶墨水，一个笔记本，趴在炕上，就开始写。书名就叫《胶莱河畔》。第一行字是黑体，引用毛泽东的话：水利是农业的命脉。第一章的回目也紧跟着有了：元宵节支部开大会，老地主阴谋断马腿。故事是这样的：元宵节那天早晨，民兵连长赵红卫吃了两个地瓜，喝了两碗红黏粥，匆匆忙忙去大队部开会，研究挖胶莱河的问题。他站在毛主席像前，默默地念叨着：毛主席呀毛主席，您是我们贫下中农心中最红最红的红太阳……念完了一想，其实红太阳并不热烈，正午时刻的白太阳那才叫厉害呢。正胡思乱想着，开会的人到了。老支书宣布开会，首先学毛主席语录，然后传达公社革委关于挖河的决定。妇女队长铁姑娘高红英请战，老支书不答应，高红英要去找公社革委马主任。高红英与赵红卫是恋爱对象，两家老人想让他们结婚，他们说：为了挖好胶莱河，再把婚期推三年。这一边在开会，那一边阴暗的角落里，一个老地主磨刀霍霍，想把生产队里那匹枣红马的后腿砍断，破坏挖胶莱河，破坏备战备荒为人民……这部小说写了不到一章就扔下了，原因也记不清了。如果说我的小说处女作，这篇应该是。

后来当了兵，吃饱了穿暖了，作家梦就愈做愈猖狂。1978年，我在黄县站岗时，写了一篇《妈妈的故事》，写一个地主的女儿（妈妈）爱上了八路军的武工队长，离家出走，最后带着队伍杀回来，打死了自己当汉奸的爹，但"文革"中"妈妈"却因为家庭出身地主被斗争而死。这篇小说寄给《解放军文艺》，当我天天盼着稿费来了买手表时，稿子却被退了回来。后来又写了一个话剧《离婚》，写与"四人帮"斗争的事。又寄给《解放军文艺》。当我盼望着稿费来了买块手表时，稿子又被退了回来。但这次文艺社的编辑用钢笔给我写了退稿信，那潇洒的字体至今还在我的脑海里摇头摆尾。信的大意是：刊物版面有限，像这样的大型话剧，最好能寄给出版社或是剧院。信的落款处还盖上了一个鲜红的公章。我把这封信给教导员看了，他拍着我的肩膀说："行啊，小伙子，折腾得解放军文艺社都不敢发表了！"我至今也不知道他是讽刺我还是夸奖我。

后来我调到保定，为了解决提干问题，当了政治教员。因基础太差，只好天天死背教科书。文学的事就暂时放下了。一年后，我把那几本教材背熟溜了，上课不用拿讲稿了，文学梦便死灰复燃。我写了许多，专找那些地区级的小刊物投寄。终于，1981年秋天，我的小说《春夜雨霏霏》在保定市的《莲池》发表了。

5

童年读书

　　我童年时的确迷恋读书。那时候既没有电影更没有电视，连收音机都没有。只有在每年的春节前后，村子里的人演一些《血海深仇》、《三世仇》之类的忆苦戏。在那样的文化环境下，看"闲书"便成为我的最大乐趣。我体能不佳，胆子又小，不愿跟村里的孩子去玩上树下井的游戏，偷空就看"闲书"。父亲反对我看"闲书"，大概是怕我中了书里的流毒，变成个坏人；更怕我因看"闲书"耽误了割草放羊；我看"闲书"就只能像地下党搞秘密活动一样。后来，我的班主任家访时对我的父母说其实可以让我适当地看一些"闲书"，形势才略有好转。但我看"闲书"的样子总是不如我背诵课文或是背着草筐、牵着牛羊的样子让我父母看着顺眼。人真是怪，越是不让他看的东西、越是不让他干的事情，他看起来、干起来越有瘾，所谓偷来的果子吃着香就是这道理吧。我偷看的第一本"闲书"，是绘有许多精美插图的神魔小说《封神演义》，那是班里一个同学的传家宝，轻易不借给别人。我为他家拉了一上午磨才换来看这本书一下午的权利，而且必须在他家磨道里看并由他监督着，仿佛我把书拿出门就会去盗版一样。这本用汗水换来短暂阅读权的书留给我的印象十分深刻，那骑在老虎背上的申公豹、鼻孔里能射出白光的郑伦、能在地下行走的土行孙、眼里长手手里又长眼的杨任，等等等等，一辈子也忘不掉啊。所以前几年在电视上看了连续剧《封神演义》，替古人不平，如此名著，竟被糟蹋得不成模样。其实这种作品是不能弄成影视的，非要弄，我想只能弄成动画片，像《大闹天宫》、《唐老鸭和米老鼠》那样。

后来我又用各种方式，把周围几个村子里流传的几部经典如《三国演义》、《水浒传》、《儒林外史》之类，全弄到手看了。那时我的记忆力真好，用飞一样的速度阅读一遍，书中的人名就能记全，主要情节便能复述，描写爱情的警句甚至能成段地背诵。现在完全不行了。后来我又把"文革"前那十几部著名小说读遍了。记得从一个老师手里借到《青春之歌》时已是下午，明明知道如果不去割草羊就要饿肚子，但还是挡不住书的诱惑，一头钻到草垛后，一下午就把大厚本的《青春之歌》读完了。身上被蚂蚁、蚊虫咬出了一片片的疙瘩。从草垛后晕头涨脑地钻出来，已是红日西沉。我听到羊在圈里狂叫，饿的。我心里忐忑不安，等待着一顿痛骂或是痛打。但母亲看看我那副样子，宽容地叹息一声，没骂我也没打我，只是让我赶快出去弄点草喂羊。我飞快地蹿出家院，心情好得要命，那时我真感到了幸福。

我的二哥也是个书迷，他比我大5岁，借书的路子比我要广得多，常能借到我借不到的书。但这家伙不允许我看他借来的书。他看书时，我就像被磁铁吸引的铁屑一样，悄悄地溜到他的身后，先是远远地看，脖子伸得长长，像一只喝水的鹅，看着看着就不由自主地靠了前。他知道我溜到了他的身后，就故意地将书页翻得飞快，我一目十行地阅读才能勉强跟上趟。他很快就会烦，合上书，一掌把我推到一边去。但只要他打开书页，很快我就会凑上去。他怕我趁他不在时偷看，总是把书藏到一些稀奇古怪的地方，就像革命样板戏《红灯记》里的地下党员李玉和藏密电码一样。但我比日本宪兵队长鸠山高明得多，我总是能把我二哥费尽心机藏起来的书找到；找到后自然又是不顾一切，恨不得把书一口吞到肚子里去。有一次他借到一本《破晓记》，藏到猪圈的棚子里。我去找书时，头碰了马蜂窝，嗡的一声响，几十只马蜂蜇到脸上，奇痛难挨。但我顾不上痛，抓紧时间阅读，读着读着眼睛就睁不开了。头肿得像栲斗，眼睛肿成了一条缝。我二哥一回来，看到我的模样，好像吓了一跳，但他还是先把书从我手里夺出来，拿到不知什么地方藏了，才回来管教我。他一巴掌差点把我扇到猪圈里，然后说：活该！我恼恨与痛疼交加，呜呜地哭起来。他想了一会，可能是怕母亲回来骂，便说：只要你说是自己上厕所时不小心碰了马蜂窝，我就让你把《破晓记》读完。我非常愉快地同意了。但到了第二天，我脑袋消了肿，去跟他要书时，他马上就不认账了。我发誓今后借了书也决不给他看，但只要我借回了他没读过的书，他就使用暴力抢去先看。有一次我从同学那里好不容易借到一本《三家巷》，回家后一头钻到堆满麦秸草的牛棚里，正看得入迷，他悄悄地摸进来，一把将书抢走，说：这书有毒，我先看看，帮你批判批判！他把我的《三家巷》揣进怀里跑走了。我好恼怒！但追又追不上他，追上了也打不过他，只能在牛棚里跳着脚骂他。几天后，他将《三家巷》扔给我，说：赶快还了去，这书流氓极了！我当然不会听他的。

我怀着甜蜜的忧伤读《三家巷》，为书里那些小儿女的纯真爱情而痴迷陶醉。旧广州的水汽市声扑面而来，在耳际鼻畔缭绕。一个个人物活灵活现，仿佛就在眼前。当读到区桃在沙面游行被流弹打死时，我趴在麦秸草上低声抽泣起来。我心中那个难过，那种悲痛，难以用语言形容。那时我大概9岁吧？6岁上学，念到三年级的时候。看完《三家巷》，好长一段时间里，我心里怅然若失，无心听课，眼前老是晃动着美丽少女区桃的影子，手不由己地在语文课本的空白处写满了区桃。班里的干部发现了，当众羞辱我，骂我是大流氓，并且向班主任老师告发，老师批评我思想不健康，说我中了资产阶级思想的流毒。几十年后，我第一次到广州，窜遍大街小巷想找区桃，可到头来连个胡杏都没碰到。我问广州的朋友，区桃哪里去了？朋友说：区桃们白天睡觉，夜里才出来活动。

读罢《三家巷》不久，我从一个很赏识我的老师那里借到了一本《钢铁是怎样炼成的》。晚上，母亲在灶前忙饭，一盏小油灯挂在门框上，被腾腾的烟雾缭绕着。我个头矮，只能站在门槛上就着如豆的灯光看书。我沉浸在书里，头发被灯火烧焦也不知道。保尔和冬妮娅，肮脏的烧锅炉小工与穿着水兵服的林务官的女儿的迷人的初恋，实在是让我梦绕魂牵，跟得了相思病差不多。多少年过去了，那些当年活现在我脑海里的情景还历历在目。保尔在水边钓鱼，冬妮娅坐在水边树杈上读书……哎，哎，咬钩了，咬钩了……鱼并没咬钩。冬妮娅为什么要逗这个衣衫褴褛、头发蓬乱、浑身煤灰的穷小子呢？冬妮娅出于一种什么样的心态？保尔发了怒，冬妮娅向保尔道歉。然后保尔继续钓鱼，冬妮娅继续读书。她读的什么书？是托尔斯泰还是屠格涅夫？她垂着光滑的小腿在树杈上读书，那条乌黑粗大的发辫，那双湛蓝清澈的眼睛……保尔这时还有心钓鱼吗？如果是我，肯定没心钓鱼了。从冬妮娅向保尔真诚道歉那一刻起，童年的小门关闭，青春的大门猛然敞开了，一个美丽的、令人遗憾的爱情故事开始了。我想，如果冬妮娅不向保尔道歉呢？如果冬妮娅摆出贵族小姐的架子痛骂穷小子呢？那《钢铁是怎样炼成的》就没有了。一个高贵的人并不意识到自己的高贵才是真正的高贵；一个高贵的人能因自己的过失向比自己低贱的人道歉是多么可贵。我与保尔一样，也是在冬妮娅道歉那一刻爱上了她。说爱还早了点，但起码是心中充满了对她的好感，阶级的壁垒在悄然地瓦解。接下来就是保尔和冬妮娅赛跑，因为恋爱忘了烧锅炉；劳动纪律总是与恋爱有矛盾，古今中外都一样。美丽的贵族小姐在前面跑，锅炉小工在后边追……最激动人心的时刻到了：冬妮娅青春焕发的身体有意无意地靠在保尔的胸膛上……看到这里，幸福的热泪从高密东北乡的傻小子眼里流了下来。接下来，保尔剪头发，买衬衣，到冬妮娅家做客……我是30多年前读的这本书，之后再没翻过，但一切都在眼前，连一个细节都没忘记。我当兵后看过根据这部小说改编的电影，但失望得很，电影中的冬妮娅根本不是我想象中的冬妮娅。保尔和冬妮娅最终还是分道扬镳，成了两股道上跑的车，各奔了前程。当年读到这里时，我心里那种滋味难以说清。我想如果我是保尔……但可惜我不是保尔……我不是保尔也忘不了临别前那无比温馨甜蜜的一夜……冬妮娅家那条凶猛的大狗，狗毛温暖，冬妮娅皮肤凉爽……冬妮娅的母亲多么慈爱啊，散发着牛奶和面包的香气……后来在筑路工地上相见，但昔日的恋人之间已竖起了黑暗的墙，阶级和阶级斗争，多么可怕。但也不能说保尔不对，冬妮娅即使嫁给了保尔，也注定不会幸福，因为这两个人之间的差别实在是太大了。保尔后来又跟那个共青团干部丽达恋爱，这是革命时期的爱情，尽管也有感人之处，但比起与冬妮娅的初恋，缺少了那种缠绵悱恻的情调。最后，倒霉透顶的保尔与那个苍白的达雅结了婚。这桩婚事连一点点浪漫情调也没有。看到此处，保尔的形象在我童年的心目中就暗淡无光了。

读完《钢铁是怎样炼成的》，"文化大革命"就爆发了，我童年读书的故事也就完结了。

6

卖白菜

1967年冬天，我12岁那年，临近春节的一个早晨，母亲苦着脸，心事重重地在屋子里走来走去，时而揭开炕席的一角，掀动几下铺炕的麦草，时而拉开那张老桌子的抽屉，扒拉几下破布头烂线团。母亲叹息着，并不时把目光抬高，瞥一眼那3棵吊在墙上的白菜。最后，母亲的目光锁定在白菜上，端详着，终于下了决心似地，叫着我的乳名，说：

"社斗，去找个篓子来吧……"

"娘，"我悲伤地问："您要把它们……"

"今天是大集。"母亲沉重地说。

"可是，您答应过的，这是我们留着过年的……"话没说完，我的眼泪就涌了出来。

母亲的眼睛湿漉漉的，但她没有哭，她有些恼怒地说："这么大的汉子了，动不动就抹眼泪，像什么样子？！"

"我们种了104棵白菜，卖了101棵，只剩下这3棵了……说好了留着过年的，说好了留着过年包饺子的……"我哽咽着说。

母亲靠近我，掀起衣襟，擦去了我脸上的泪水。我把脸伏在母亲的胸前，委屈地抽噎着。我感到母亲用粗糙的大手抚摸着我的头，我嗅到了她衣襟上那股揉烂了的白菜叶子的气味。从夏到秋、从秋到冬，在一年的3个季节里，我和母亲把这104棵白菜从娇嫩的芽苗，侍弄成饱满的大白菜，我们撒种、间苗、除草、捉虫、施肥、浇水、收获、晾晒……每一片叶子上都留下了我们的手印……但母亲却把它们一棵棵地卖掉了……我不由地大哭起来，一边哭着，还一边表示着对母亲的不满。母亲猛地把我从她胸前推开，声音昂扬起来，眼睛里闪烁着恼怒的光芒，说："我还没死呢，哭什么？"然后她掀起衣襟，擦擦自己的眼睛，大声地说："还不快去！"

看到母亲动了怒，我心中的委屈顿时消失，急忙跑到院子里，将那个结满了霜花的蜡条篓子拿进来，赌气地扔在母亲面前。母亲提高了嗓门，声音凛冽地说："你这是扔谁？！"

我感到一阵更大的委屈涌上心头，但我咬紧了嘴唇，没让哭声冲出喉咙。

透过朦胧的泪眼，我看到母亲把那棵最大的白菜从墙上钉着的木橛子上摘了下来。母亲又把那棵第二大的摘下来。最后，那棵最小的、形状圆圆像个和尚头的也脱离了木橛子，挤进了篓子里。我熟悉这棵白菜，就像熟悉自己的一根手指。因为它生长在最靠近路边那一行的拐角的位置上，小时被牛犊或是被孩子踩了一脚，所以它一直长得不旺，当别的白菜长到脸盆大时，它才有碗口大。发现了它的小和可怜，我们在浇水施肥时就对它格外照顾。我曾经背着母亲将一大把化肥撒在它的周围，但第二天它就打了蔫。母亲知道了真相后，赶紧地将它周围的土换了，才使它死里逃生。后来，它尽管还是小，但卷得十分饱满，收获时母亲拍打着它感慨地对我说："你看看它，你看看它……"在那一瞬间，母亲的脸上洋溢着珍贵的欣喜表情，仿佛拍打着一个历经磨难终于长大成人的孩子。

集市在邻村，距离我们家有3里远。母亲让我帮她把白菜送去。我心中不快，嘟哝着，说："我还要去上学呢。"母亲抬头看看太阳，说："晚不了。"我还想啰唆，看到母亲脸色不好，便闭了嘴，不情愿地背起那只盛了3棵白菜、上边盖了一张破羊皮的篓子，沿着河堤南边那条小路，向着集市，踽踽而行。寒风凛冽，有太阳，很弱，仿佛随时都要熄灭的样子。不时有赶集的人从我们身边超过去。我的手很快就冻麻了，以至于当篓子跌落在地时我竟然不知道。篓子落地时发出了清脆的响声，篓底有几根蜡条跌断了，那棵最小的白菜从篓子里跳出来，滚到路边结着白冰的水沟里。母亲在我头上打了一巴掌，骂道："穷种啊！"然后她就颠着小脚，挜着两只胳膊，小心翼翼但又十分匆忙地下到沟底，将那棵白菜抱了上来。我看到那棵白菜的根折断了，但还没有断利索，有几绺筋皮联络着。我知道闯了大祸，站在篓边，哭着说："我不是故意的，我真的不是故意的……"母亲将那棵白菜放进篓子，原本是十分生气的样子，但也许是看到我哭得真诚，也许是看到了我黑黢黢的手背上那些已经溃烂的冻疮，母亲的脸色缓和了，没有打我也没有再骂我，只是用一种让我感到温暖的腔调说："不中用，把饭吃到哪里去了？"然后母亲就蹲下身，将背篓的木棍搭上肩头，我在后边帮扶着，让她站直了身体。但母亲的身体是永远也不能再站直了，过度的劳动和艰难的生活早早地就压弯了她的腰。我跟随在母亲身后，听着她的喘息声，一步步向前挪。在临近集市时，我想帮母亲背一会儿，但母亲说："算了吧，就要到了。"

终于挨到了集上。我们穿越了草鞋市。草鞋市两边站着几十个卖草鞋的人，每个人面前都摆着一堆草鞋。他们都用冷漠的目光看着我们。我们穿越了年货市，两边地上摆着写好的对联，还有五颜六色的过门钱。在年货市的边角上有两个卖鞭炮的，各自在吹嘘着自己的货，在看热闹人们的撺掇下，戆起来，你一串我一串地赛着放，乒乒乓乓的爆炸声此起彼伏，空气里弥漫着硝烟气味，这气味让我们感到，年已经近在眼前了。我们穿越了粮食市，到达了菜市。市上只有十几个卖菜的，有几个卖青萝卜的，有几个卖红萝卜的，还有一个卖菠菜的，一个卖芹菜的，因为经常跟着母亲来卖白菜，这些人多半都认识。母亲将篓子放在那个卖青萝卜的高个子老头菜篓子旁边，直起腰与老头打招呼。听母亲说老头子是我的姥娘家那村里的人，同族同姓，母亲让我称呼他为七姥爷。七姥爷脸色赤红，头上戴一顶破旧的单帽，耳朵上挂着两个兔皮缝成的护耳，支棱着两圈白毛，看上去很是有趣。他将两只手交叉着插在袖筒里，看样子有点高傲。母亲让我走，去上学，我也想走，但我看到一个老太太朝着我们的白菜走了过来。风迎着她吹，使她的身体摇摆，仿佛那风略微大一些就会把她刮起来，让她像一片枯叶，飘到天上去。她也是像母亲一样的小脚，甚至比母亲的脚还要小。她用肥大的棉袄袖子捂着嘴巴，为了遮挡寒冷的风。她走到我们的篓子前，看起来是想站住，但风使她动摇不定。她将袄袖子从嘴巴上移开，显出了那张瘪瘪的嘴巴。我认识这个老太太，知道她是个孤寡老人，经常能在集市上看到她。她用细而沙哑的嗓音问白菜的价钱。母亲回答了她。她摇摇头，看样子是嫌贵。但是她没有走，而是蹲下，揭开那张破羊皮，翻动着我们的三棵白菜。她把那棵最小的白菜上那半截欲断未断的根拽了下来。然后她又逐棵地戳着我们的白菜，用弯曲的、枯柴一样的手指。她撇着嘴，说我们的白菜卷得不紧。母亲用忧伤的声音说："大婶子啊，这样的白菜您还嫌卷得不紧，那您就到市上去看看吧，看看哪里还能找到卷得更紧的吧。"

　　我对这个老太太充满了恶感，你拽断了我们的白菜根也就罢了，可你不该昧着良心说我们的白菜卷得不紧。我忍不住冒出了一句话："再紧就成了石头蛋子了！"

　　老太太抬起头，惊讶地看着我，问母亲："这是谁？是你的儿子吗？"

　　"是老小。"母亲回答了老太太的问话，转回头批评我，"小小孩儿，说话没大没小的！"

　　老太太将她胳膊上挎着的柳条筻斗放在地上，腾出手，撕扯着那棵最小的白菜上那层已经干枯的菜帮子。我十分恼火，便刺她："别撕了，你撕了让我们怎么卖？！"

　　"你这个小孩子，说话怎么就像吃了枪药一样呢？"老太太嘟哝着，但撕扯菜帮子的手却并不停止。

　　"大婶子，别撕了，放到这时候的白菜，老帮子脱了五六层，成了核了。"母亲劝说着她。

　　她终于还是将那层干菜帮子全部撕光，露出了鲜嫩的、洁白的菜帮。在清冽的寒风中，我们的白菜散发出甜丝丝的气味。这样的白菜，包成饺子，味道该有多么鲜美啊！老太太搬着白菜站起来，让母亲给她过称。母亲用秤钩子挂住白菜根，将白菜提起来。老太太把她的脸几乎贴到秤杆上，仔细地打量着上面的秤星。我看着那棵被剥成了核的白菜，眼前出现了它在生长的各个阶段的模样，心中感到阵阵忧伤。

终于核准了重量，老太太说："俺可是不会算账。"

母亲因为偏头痛，算了一会儿也没算清，对我说："社斗，你算。"

我找了一根草棒，用我刚刚学过的乘法，在地上划算着。

我报出了一个数字，母亲重复了我报出的数字。

"没算错吧？"老太太用不信任的目光盯着我说。

"你自己算就是了。"我说。

"这孩子，说话真是暴躁。"老太太低声嘟哝着，从腰里摸出一个肮脏的手绢，层层地揭开，露出一叠纸票，然后将手指伸进嘴里，蘸了唾沫，一张张地数着。她终于将数好的钱交到母亲的手里。母亲也一张张地点数着。我看到七姥爷的尖锐的目光在我的脸上戳了一下，然后就移开了。一块破旧的报纸在我们面前停留了一下，然后打着滚走了。

等我放了学回家后，一进屋就看到母亲正坐在灶前发呆。那个蜡条篓子摆在她的身边，3棵白菜都在篓子里，那棵最小的因为被老太太剥去了干帮子，已经受了严重的冻伤。我的心猛地往下一沉，知道最坏的事情已经发生了。母亲抬起头，眼睛红红地看着我，过了许久，用一种让我终生难忘的声音说：

"孩子，你怎么能这样呢？你怎么能多算人家一毛钱呢？"

"娘，"我哭着说，"我……"

"你今天让娘丢了脸……"母亲说着，两行眼泪就挂在了腮上。

这是我看到坚强的母亲第一次流泪，至今想起，心中依然沉痛。

7　故乡往事

　　我生在山东省高密县大栏乡平安村里，一直长到20岁才离开。故乡——农村留给我的印象，是我创作的源泉也是动力。我与农村的关系是鱼与水的关系，是土地与禾苗的关系，当然，从另一方面看，也是鸟与鸟笼的关系，也是奴役与被奴役的关系。虽然我离开农村进入都市已经十好几年，但感情还是农村的，总认为一切还是农村的好，但假如真让我回农村去当农民，肯定又是一百个不情愿。所以有时候骂城市，并不意味着想离开；有时候赞美农村，也不是就想回去。人就是这样口是心非，当然也会有始终心口如一的特殊例子。故乡留给我的印象，是我小说的魂魄，故乡的土地与河流、庄稼与树木、飞禽与走兽、神话与传说、妖魔与鬼怪、恩人与仇人，都是我小说中的内容。要把我与农村的关系说清楚，不是太容易，我想拣几件至今令我难以忘怀，又没有写进小说里的事儿写写，也算向读者坦白吧。

 滚烫的河水

　　我这辈子记住的第一件事，是掉到茅坑里差点淹死。那大概是我2岁左右的事。在我的印象里，那是个暴雨很多、骄阳如火的夏天，家里那个用砖头砌就的很深很大的露天茅坑里潴留着很多雨水，水面上漂浮着一层草木灰，草木灰中蠕动着长尾巴的蛆虫。我记得茅坑角上栽着一根木棍子，是为我的腿脚不方便的奶奶预备的。我喜欢双手抓着木棍子，身体往后仰着，一边拉一边胡思乱想。那根木棍年久腐朽，突然断了。我仰面朝天跌进茅坑里去，喝了一肚子臭水，幸亏我的大哥发现把我捞上来。大哥拿着一块肥皂，把我扛到河里去洗。我记得正是中午头儿，阳光特别强烈，河里的水明晃晃的，耀得人不敢睁眼，满河里都是洗澡的男人和嬉水的男孩。男孩们追逐着、叫嚷着，腾起一片片白色的水花。大哥把我放在河水里。河水滚烫，我嗷嗷地叫着，搂着大哥的脖子使劲地把腿蜷起来。大哥硬把我按在水里。我哭着挣扎着。我记得大哥说：你一身屎一头蛆，不烫烫，脏死了。我还记得周围的滚水中露着一些青色的男人头颅，那些漆黑的眼睛在蒸汽中眨动着。谟贤，怎么了？我记得他们很尊敬地叫着大哥的学名问。大哥那时正在夏庄镇念高级中学，是村里唯一的，受着村民们的尊重。大哥说：掉到圈里了，差点淹死！我记得那些男人笑嘻嘻地问我：屎汤子什么味道？好喝不好喝？大哥往我的头上抹了很多肥皂，肥皂泡沫杀得我睁不开眼睛。我闻到了肥皂味儿、鱼汤味儿、臭大粪味儿。

我认为三十几年前的太阳比现在毒辣得多，能晒热半河流水。那样滚烫的河水我再也碰不到了。近十几年，故乡所有的河流都干得底朝了天，我的乡亲们在河底下晒庄稼，搭上台子唱戏。关于在河底搭台子唱戏的事，我在一部题名《爆炸》的中篇里有过描写。

 成精的老树

大跃进、大炼钢铁、吃公共食堂时，我已是3岁。先是记得我家菜园子旁边那株数人难以合抱的大柳树被杀了，拉去当炼钢铁的燃料。杀树时我跟着姐姐满腔怒火地站在很远的地方观看。虽然农村"共产主义"，管什么都不要钱，但我们对自家的大树有感情了，杀它我们心疼。杀树的人有十几个，有拿斧的，有拿锯的，有拿十字镐的，有拿大锛的，噼噼啪啪，从日头冒红折腾到太阳平西，雪白的木屑飞散在大树周围厚厚一层，但大树森森屹立，总是不倒。邻居孙二提着大斧绕着大树转着说：该倒了呀，怎么总是站着？很多遥观杀大树的婆婆妈妈喊喊喳喳地议论起来，说这棵大柳树有几百年的寿命，早就成了精了，不是随便好杀的。说有一年谁谁谁从

树上钩下一根枯枝，回家就生了一场大病，何况要杀它！砍一斧没有血来就算树精遮了众人的眼。婆婆妈妈们议论着，杀树的男人都怯怯地离了那挨千斧万锯而不倒的老树，远远地躲到矮墙边上抽烟袋。夕阳渐下渐浓，红光像血一样，把老树映得一片辉煌，看光景杀树的男人也都害了怕，没人敢靠前了。正在这时候，大队长张平团来了。他瞪着两只呆愣愣的大眼，大背着一杆长苗子鸟枪，穿着一身又脏又破的军衣，腰里扎着一条黑色的牛皮腰带，很宽；腰带扣是黄铜的，闪闪发光。据说他常用这条腰带抽他的老婆，这不是我亲眼所见；我亲眼看到过好多次他打老婆，但都不是用牛皮腰带，用枪苗子戳，用疤棍子捞，用木板子砍。每次他都把他那个又瘦又小的老婆打得血肉模糊，眼见着要死的样子，但她总是能活过来，而且还能在这三日一小打、五日一大打中一胎接一胎地生孩子，净生些秃头小子，七长八短一群，五冬六夏光着屁股，都瞪着呆愣愣的大眼，一看就知道是大队长的种子。大队长昂着头，瞪着眼，像哪吒一样，风风火火地滚过来，冲着那些杀树的男人破口大骂："……磨洋工吗？十几个整劳力，一天杀不倒一棵树，要你们干什么？都给我滚起来，杀。"

孙二弓着腰，踱过来，愁眉不展地说："大队长，不是我们磨洋工，这棵树成了精了，不好杀。"他指指被砍得摇摇晃晃的大树和遍地的木片，怯声着，"都成了这样了，它硬是不倒。"

"放屁！"大队长骂道，"听说过狐狸成精，没听说过柳树成精；不倒？它凭什么不倒？它敢不倒！我给你们轰它一枪，压压邪气！”说着，他把肩上的鸟枪悠下来，端在手里，喝一声，“小孩子闪开点！”然后，举枪单眼瞄瞄准，说，“我可是要搂火喽！”随着一勾扳机，一股小小的黄烟从枪机那儿冒起来，紧接着一溜火光窜出枪管，震天动地一声响，一大团铁砂子打在树干上，掏出了拳头大小一个窟窿。大树抖了抖，依然不倒。大队长猫着腰走到树下，转着圈看了看，说，“断是断了，就是树头重，压住了。找绳子，拴住树杈子，拉，一拉保准就倒了”。杀树的人们大眼瞪着小眼，懒洋洋地，没有一个想动。大队长瞪着眼，大声吆喝：“想让我拔你们的白旗吗？孙二，你去大车棚里拿绳子。”孙二黏黏糊糊地说："大队长，天就要黑了，黑灯瞎火的，砸着人就不是玩的。”大队长道，“胡说，放着它立一夜，不是又长到一块去了嘛，别给我蘑菇，快去。”

孙二嘟嘟哝哝地去找绳子，大队长瞅着机会，剥皮剜眼地训斥杀树的人。大家都低着头抽烟，没人吭气。大队长也觉得没趣了，吐了几口唾沫，单手叉腰，往大车棚的方向望孙二。

孙二拖着大捆绳子，像一条被打出了肠子的狗，三步一歇地磨蹭过来。

大队长令人上树挂绳，没人敢上。张三说腿痛，李四说腰痛，王一说眼神不济。都不愿上树，用枪筒子戳着腚也不上。大队长无奈，皱着眉头想了个偷巧的法子，用绳子绑了一块砖头，往树杈上抛，三抛两抛，竟然成了功，拉紧了绳，大队长喝着号子，一、二、三，拉——说时迟那时快，只听得嘎吱嘎吱几声巨响，大树缓缓倾斜过来，有人喊了一声：不好！众人扔掉绳子才待要跑，哪里跑得及？大树挟着风裹着月，像一团黑压压的乌云，比风还快地倒了。庞大的树冠陈在地上，蓬松着一座小山。短墙倒到白菜地里去了，孙家的三间草屋倒了一间半。十几个杀树的民工一个也没落，全给捂在树里。他们在树里边出不来，人不停地叫唤。大队长站在边上喊号，看事不好，几个小箭步就蹿出几丈远，脱离了危险。到底是当过志愿军的人，反应敏锐，腿脚矫健。

先是围观的婆婆妈妈们尖声叫起来，继而是大队长尖着嗓子沿大街来回跑动着喊叫：救人——救人——附近土高炉那儿正在砸锅熬铁的人乱纷纷跑来，七嘴八舌地问：人在哪儿？人在哪儿？

后来就试探着拉那树冠，哪里拉得动？一老者道："别拉！一拉两鼓涌，原本死不了的，也给揉搓死了。"都停手不拉，但没有主意，老者道："多找大齿锯来，卸树杈子。"

众人找来几张需要两人拉动的大齿锯，又点亮几盏马灯，嗤啦嗤啦地锯树杈子。大队长早就不咋呼了，鸟枪也不知扔哪儿啦，煞白着脸儿，提着一盏马灯，给拉锯的人照明。

被砸在树下的人的亲属听着风来了，哭的哭，叫的叫，像死了人报丧一样。树下的人有能跟亲属对话的，劝亲属不要哭，伤重的就顾不了人伦，一个劲儿呻唤，也有自始至终没出动静的、亲属呼唤也不答应的，大概不死也是发了昏了。

树冠渐渐秃下去，几个小时后，终于见了地皮，把树下的死人活人拖出来，抬到卫生所里去。满地都是血。人终于散得不多了，大队长提着马灯，呆呆地站在那儿，像根木桩子一样。

这是我们村几十年没出过的大事故，死了5个人，孙二是其中之一；其余的都受了伤，伤最轻的王四海，也断了1条腿，折了8根肋条。

我爷爷原先是痛恨杀树者的，在斧锯声中骂不绝口，事发后，他叼着那支红铜嘴儿、青铜管儿、黄铜锅儿的全铜烟袋，一锅连一锅地抽烟，脸青着，一句话也不说。

 爷爷的故事

实际上我要写的是关于爷爷的一些事情，几乎没有虚构，题目中有"故事"二字，并不意味着我要编造什么。自从我写了《红高粱家族》之后，有一些读者来信问我：你爷爷是否就是土匪余占鳌的原型？不是的，我爷爷与土匪司令余占鳌没有任何关系，他是一个真正的优秀的农民。他个头中等，人很瘦，是干农活的好手，也是心灵手巧的木匠。后来他老了，腰弯得像鱼钩一样，这是年轻时出力太过的后果。

爷爷年轻时腿上生了贴骨疽，据说病情十分严重，眼见着一条

腿难保了。无奈，只得请来全县闻名的医生"大咬人"，此人医术高明，尤其是治毒疮恶疽有绝活，但极难侍候，非坐健骡拉的轿车不出诊，食鱼肉、饮美酒，诊费要得凶狠，故称"大咬人"。雇了轿车子把"大咬人"搬来，谈起来竟是瓜蔓子亲戚，于是"大咬人"也不咬人了，给开了3服中药，十分把握地说了每吃一服药后病情的变化。我的大爷爷也是个中医，对"大咬人"原也不十分服气，所以他亲自观察我爷爷服药的病情变化，果然如"大咬人"所预言，大爷爷十分心服。大爷爷说3服药吃完后，爷爷的一条腿像熟透了的瓜一样，插进几十根中空的麦秆草引流，脓血流了许多，后来竟一点也没落残。据说那"大咬人"能把人头上的疮用一服药给挪到屁股上去，虽说是玄而又玄，但我基本相信，中医里确实有一些半仙样的人物。

每年的麦收季节，是我记忆中十分愉快的季节。这季节遍地金黄，为了抢时间，男劳力们披着星星下地，早饭送到地里吃。各家都把去年残存的一点点小麦磨了，擀饼蒸馒头，犒劳镰刀。我13岁那年，第一次告别了拾麦穗的儿童队伍，提着镰刀，加入了割麦的行列。我的镰刀是爷爷亲手帮我磨的，磨得非常快，吹毛立断。我信心百倍地提着快镰，头顶着幽蓝夜空上的繁华星斗，跟随着大人们，走进散发着麦香的田野；心情兴奋，似初次上阵的新兵。

我们那地方土地辽阔，庄稼都是种成大片，无论是高粱还是小麦，都有一望无垠的劲头儿。那天早晨收割的那块地是最短的，但一个来回也有5里。每个人割两行，梯次排开，队长在最前头，我在最后头。割了半个时辰，前边的人就没影了。后来日头在东边冒了红，染得地平线上的几条长云如同烂漫的绸带。早起的鸟儿在灰蓝的天空中婉转地呼哨着，潮湿的空气像新酿出的酒浆。我直起麻木沉重的腰，看到遍地躺着一排排整齐的麦个子，割麦的男人们已经在遥远的河堤上等待开饭了，而我还在地半腰。

后来队长与几个人分段割完了我那行麦子。我提着镰刀，非常不好意思地到了地头。刚要拿碗去盛队里免费供应的绿豆稀饭，一个家庭出身很好，在队里说话很硬的小个子男人把我的碗夺过去，扔在地上，气汹汹地说：你还有脸喝汤？你看看你割的那两行麦子，茬子高，掉穗多，浪费粮食糟蹋草，该扣你们家的粮草！他的话分量太重，我委屈地哭了！

队长说：你还是拾麦穗去吧，再长几岁，有你割麦子的时候。当天中午，爷爷知道了这件事，他很生气。吃过午饭，他提着一把镰，到了割麦的地方。爷爷是不愿加入合作社的，但拗不过思想进步的我父亲。入社后，他便发誓不为生产队干活，割草卖，没草割的时候就做木匠活。所以爷爷在生产队麦田里出现引得众人注目。队长很客气地招呼。爷爷也不说话，拣了一块麦子长得格外茂密的粪盘地，弯腰挥镰，刷刷刷一阵响，便把一个两头粗、腰儿细的麦个子扔在众人面前。那活儿自然是一流的，没人能比。训斥过我的小个子脸红了。爷爷说：你们割了几亩麦子？弄得灰头垢脸的，早年我去上坡佃割麦子，穿着白漂布的小褂，手提着画眉笼子，割一天下来，衣服还是白的。

爷爷说的可能有点玄，但他的技艺的确把人们震住了，替我出了一口气。

爷爷会织鱼网，会编鸟笼子，会捕鱼，捉螃蟹，还玩鸟枪打鸟。他是个有情趣的农民，后来的人民公社大锅饭，把人像牲口一样拢在一起，人们过着一种半军事化的生活，去赶个集都要向队长请假，农民的所有时间都不能自己支配，有情趣的农民也没有了。这几年土地分到了户，农民们比我在农村时要舒服多了，虽然干活也苦也累，但人身恢复了自由，人的脑袋也有了更多的用处。如果我的爷爷还活着，他一定会愉快的。

8

草木虫鱼

好多文章把三年困难时期写得一团漆黑、毫无乐趣，我认为是不对的。在那个特殊的时期里，也还是有欢乐，当然所有的欢乐大概都与得到食物有关。那时候，我六七岁，与村中的孩子们一起，四处游荡着觅食，活似一群小精灵。我们像传说中的神农一样，几乎尝遍了田野里的百草百虫，为丰富人类的食谱作出了贡献。那时候的孩子，都挺着一个大肚子，小腿细如柴棒，脑袋大得出奇。我当然也不例外。

我们的村子外是一片相当辽阔的草甸子，地势低洼，水汪子很多，荒草没膝。那里既是我们的食库，又是我们的乐园。春天时，我们在那里挖草根剜野菜，边挖边吃，边吃边唱，部分像牛羊，部分像歌手。我们是那个年代的牛羊歌手。我们最喜欢唱的一支歌是我们自己创作的。曲调千变万化，但歌词总是那几句：一九六零年，真是不平凡；吃着茅草饼，喝着地瓜蔓……歌中的茅草饼，就是把茅草的白色的甜根洗净，切成寸长的段，放到鏊子上烘干，然后放到石磨里磨成粉，再用水和成面状，做成饼，放到鏊子上烘熟。茅草饼是高级食品，并不是人人天天都能吃上。我歌唱过一千遍茅草饼，但到头来只吃过一次茅草饼，还是30年之后，在大宴上饱餐了鸡鸭鱼肉之后，作为一种富有地方风味的小点心吃到的。地瓜蔓就是红薯的藤蔓，那时也是稀罕物，不是人人天天都能喝上。我们歌唱这两种食物，正说明我们想吃又捞不到吃，就像一个青年男子爱慕一个姑娘但是得不到，只好千遍万遍地歌唱那姑娘的名字。我们只能大口吃着随手揪来的野菜，嘴角上流着绿色的汁液。我们头大身子小，活像那种还没生出翅膀的山蚂蚱。荒年蚂蚱多，这大概也是天不绝人的表现。我什么都忘了，也忘不了那种火红色的、周身发亮的油蚂蚱。这种蚂蚱含油量忒高，放到锅里一炒嗞啦嗞啦响，颜色火红，香气扑鼻，撒上几粒盐，味道实在是好极了。我记得那几年的蚂蚱季节里，大人和小孩都提着葫芦头，到草地里捉蚂蚱。开始时，蚂蚱傻乎乎的，很好捉，但很快就被捉精了。开始时大家都能满葫芦头而归，到后来连半葫芦也捉不了了。只有我保持着天天满葫芦的辉煌纪录。我有一个诀窍：开始捉蚂蚱前，先用草汁把手染绿。就是这么简单。油蚂蚱被捉精了，人一伸手它就蹦。它们有两条极其发达的后腿，还有双层的翅膀，一蹦一飞，人难近它的身了。我暗中思想，它们大概能嗅到人手上的气味，用草汁一涂，就把人味给遮住了。我的诀窍连爷爷也不告诉，因为我奶奶搞的是按劳分配，谁捉到的蚂蚱多，谁分到的吃食也就多。

吃罢蚂蚱，很快就把夏天迎来了。夏天食物丰富，是我们的好时光。那三年雨水特大，一进6月，天就像漏了似的，大一阵小一阵，没完没了地淅沥。庄稼全涝死了。洼地里处处积水，成了一片汪洋。有水就有鱼。各种各样的鱼好像从天上掉下来似的，品种很多，有一些鱼连百岁的老人都没看到过。我捕到过一条奇怪又妖冶的鱼，它周身翠绿，翅羽鲜红，能贴着水面滑翔。它的脊上生着一些好像羽毛的东西，肚皮上生着鱼鳞。所以它究竟是一条鱼还是一只鸟，至今我也说不清。前面之所以说它是条鱼，不过是为了方便。这个奇异的生物也许是个新物种，也许是一个杂种，反正是够怪的，如果能养活到现在，很可能成为宝贝，但在那个时代，只能杀了吃。可是它好看不好吃，又腥又臭，连猫都不闻。其实最好吃的鱼是最不好看的土泥鳅。这些年我在北京市场上看到那些泥鳅，瘦得像铅笔杆似的，那也叫泥鳅？我想起60年代我家乡的泥鳅，一根根，金黄色，像棒槌似的。传说有好多种吃泥鳅的奇巧方法。我听说过两种：一是把活泥鳅放到净水中养数日，让其吐尽腹中泥，然后打几个鸡蛋放到水中，饿极了的泥鳅自然是鲨吃鲸吞。等它们吃完了鸡蛋，就把它们提起来扔到油锅里，炸酥后，蘸着椒盐什么的，据说其味鲜美。二是把一块豆腐和十几条活泥鳅放到一个盆里，然后把这个盆放到锅里蒸，泥鳅怕热，钻到冷豆腐里去，钻到豆腐里也难免一死。这道菜据说也有独特风味，可惜我也没吃过。泥鳅在鱼类中最谦虚、最谨慎，钻在烂泥里，轻易不敢抛头露面，人们却喜欢欺负老实鱼，不肯一刀宰了它，偏偏要让它受若干酷刑。

　　秋天是收获的季节。茫茫大地鱼虾尽，又有螃蟹横行来。俗话说"豆叶黄，秋风凉，蟹脚痒"。在秋风飒飒的夜晚，成群结队的螃蟹沿河下行，爷爷说它们是到东海去产卵，我认为它们更像是要去参加什么盛大的会议。螃蟹形态笨拙，但在水中运动起来，如风如影，神鬼莫测，要想擒它，决非易事。想捉螃蟹，最好夜里。身披蓑衣，头戴斗笠，耐心等待，最忌咋呼。我曾跟随本家六叔去捉过一次螃蟹，可谓新奇神秘，趣味无穷。白天，六叔就看好了地形，悄悄的不出声。傍晚，人散光了，就用高粱秆在河沟里扎上一道栅栏，留上一个口子，口子上支上一货口袋网。前半夜人脚不静，螃蟹们不动。耐心等候到后半夜，夜气浓重，细雨蒙蒙，河面上升腾着一团团如烟的雾气，把身体缩在大蓑衣里，说冷不是冷，说热不是热，听着噼噼唓唓的神秘声响，嗅着水的气味草的气味泥土的气味，借着昏黄的马灯光芒，看到它们来了。它们来了，时候到了，它们终于来了。它们沿着高粱秆扎成的障子哧哧溜溜往上爬，极个别的英雄能爬上去，绝大多数爬不上去，爬不上去的就只好从水流疾速的口子里走，那它们就成了我和六叔的俘虏。那一夜，我和六叔捉了一麻袋螃蟹。那时已是1963年，人民的生活正在好转。我们把大部分螃蟹5分钱一只卖掉，换回十几斤麸皮。奶奶非常高兴，为了奖励我们，她老人家把剩下的螃蟹用刀劈成两半，蘸上麸皮，在热锅里滴上十几滴油，煎给我们吃。满壳的蟹黄和索索落落的麸皮，那味道和感觉无法用语言形容。

秋天，除了螃蟹之外，好吃的虫儿也很多。蚂蚱、豆虫、蝈蝈、蟋蟀……深秋的蟋蟀颜色黑得发红，膀大腰圆，肚子里全是子儿，炒熟了吃，有一种独特的香气，无法类比。还有一种虫儿，现在我才知道它们的学名叫金龟子，是蛴螬的成虫，像杏核般大，颜色黑亮，趋光，往灯上扑，俗名"瞎眼闯"。这虫儿好聚群，落在树枝或是草棵上，一串一串的，像成熟的葡萄。晚上，我们摸着黑去撸"瞎眼闯"，一晚上能撸一面口袋。此虫炒熟后，滋味又与蚂蚱和蟋蟀大大的不同。还有豆虫，中秋节后下蛰。此虫下蛰后，肚子里全是白色的脂油，一粒屎也没有，全是高蛋白。

进入冬季就有点惨了。冬天草木凋零，冰冻三尺，地里有虫挖不出来，水里有鱼捞不上来，但人的智慧是无穷的，尤其是在吃的方面。我们很快便发现，上过水的洼地面上，有一层干结的青苔，像揭饼样一张张揭下来，放到水里泡一泡，再放到锅里烘干，酥如锅巴，味若鱼片。吃光了青苔，便剥树皮。剥来树皮，刀砍斧剁，再放到石头上砸，然后放到缸里泡，泡烂了就用棍子搅，一直搅成糨糊状，捞出来，一勺一勺，摊在篓子上，像摊煎饼一样。从吃的角度来看，榆树皮是上品，柳树皮次之，槐树皮更次之。我们吃树皮的过程跟毕昇造纸的过程很相似，但我们不是毕昇，我们造出来的也不是纸。

9

会唱歌的墙

　　高密东北乡东南边隅上那个小村，是我出生的地方。村子里几十户人家，几十栋土墙草顶的房屋稀疏地摆布在胶河的怀抱里。村庄虽小，村子里却有一条宽阔的黄土大道，道路的两边杂乱无章地生长着槐、柳、柏、楸，还有几棵每到金秋就满树黄叶、无人能叫出名字的怪树。路边的树有的是参天古木，有的却细如麻秆，显然是刚刚长出的幼苗。

　　沿着这条奇树镶边的黄土大道东行3里，便出了村庄。向东南方向似乎是无限地延伸着的原野扑面而来。景观的突变使人往往精神一振。黄土的大道已经留在身后，脚下的道路不知何时已经变成了黑色的土路，狭窄，弯曲，爬向东南，望不到尽头。人至此总是禁不住回头。回头时你看到了村子中央那完全中国化了的天主教堂上那高高的十字架上蹲着的乌鸦变成了一个模糊的黑点，融在夕阳的余晖或是清晨的乳白色炊烟里。也许你回头时正巧是钟声苍凉，从钟楼上溢出，感动着你的心。黄土大道上树影婆娑，如果是秋天，也许能看到落叶的奇观：没有一丝风，无数金黄的叶片纷纷落地，叶片相撞，索索有声，在街上穿行的鸡犬，仓皇逃窜，仿佛怕被打破头颅。

　　如果是夏天站在这里，无法不沿着黑土的弯路向东南行走。黑土在夏天总是黏滞的，你脱了鞋子赤脚向前，感觉会很美妙，踩着颤颤悠悠的路面，脚的纹路会清晰地印在那路面上。但你不必担心会陷下去。如果挖一块这样的黑泥，用力一攥，你就会明白了这泥土是多么的珍贵。我每次攥着这泥土，就想起了那些在商店里以很高的价格出售的那种供儿童们捏制小鸡小狗用的橡皮泥。它仿佛是用豆油调和着揉了99道的面团。祖先们早就用这里的黑泥，用木榔头敲打它几十遍，使它像黑色的脂油，然后制成陶器、砖瓦，都在出窑时呈现出釉彩，尽管不是釉。这样的陶器和砖瓦是宝贝，敲起来都能发出清脆悦耳的声音。

　　继续往前走，假如是春天，草甸子里绿草如毡，星星点点、五颜六色的小小花朵，如同这毡上的美丽图案。空中鸟声婉转，天蓝得令人头晕目眩。文背红胸的那种貌似鹌鹑但不是鹌鹑的鸟儿在路上蹒跚行走，后边跟随着几只刚刚出壳的幼鸟。还不时地可以看到草黄色的野兔儿一耸一耸地从你的面前跳过去，追它几步，是有趣的游戏，但要想追上它却是妄想。门老头子养的那匹莽撞的瞎狗能追上野兔子，那要在冬天的原野上，最好是大雪遮盖了原野，让野兔子无法疾跑。

前面有一个池塘，所谓池塘，实际上就是原野上的洼地，至于如何成了洼地，洼地里的泥土去了什么地方，没人知道，大概也没有人想知道。草甸子里有无数的池塘，有大的，有小的。夏天时，池塘里积蓄着发黄的水。这些池塘无论大小，都以极圆的形状存在着，令人猜想不透，猜想不透的结果就是浮想联翩。前年夏天，我带一位朋友来看这些池塘。刚下了一场大雨，草叶子上的雨水把我们的裤子都打湿了。池水有些混浊，水底下一串串的气泡冒到水面上破裂，水中洋溢着一股腥甜的气味。有的池塘里生长着厚厚的浮萍，看不到水面。有的池塘里生长着睡莲，油亮的叶片紧贴着水面，中间高挑起一枝两枝的花苞或是花朵，带着十分人工的痕迹，但我知道它们绝对是自生自灭的，是野的不是家的。朦胧的月夜里，站在这样的池塘边，望着那些闪烁着奇光异彩的玉雕般的花朵，象征和暗示就油然而生了。四周寂静，月光如水，虫声唧唧，格外深刻。使人想起日本的俳句："蝉声渗到岩石中。"声音是一种力呢还是一种物质？它既然能"渗透"到磁盘上，也必定能"渗透"到岩石里。原野里的声音渗透到我的脑海里，时时地想起来，响起来。

我站在池塘边倾听着唧唧虫鸣，美人的头发闪烁着迷人的光泽，美人的身上散发着蜂蜜的气味。突然，一阵湿漉漉的蛙鸣从不远处的一个池塘传来，月亮的光彩纷纷扬扬，青蛙的气味凉森森地粘在我们的皮肤上。仿佛高密东北乡的全体青蛙都集中在这个约有半亩大的池塘里了，看不到一点点水面，只能看到层层叠叠地在月亮中蠕动鸣叫的青蛙和青蛙们腮边那些白色的气囊。月亮和青蛙们混在一起，声音原本就是一体——自然是人的自然，人是自然的一部分。青蛙在池塘里开会。

还是回到路上来吧，那条黄沙的大道早就被我们留在了身后，这条黑色的胶泥小路旁生了若干的枝杈，一条条小径像无数条大蛇盲目爬动时留下的痕迹，复杂地卧在原野上。你没有必要去选择，因为每一条小径都与其他的小径相连，因为每一条小路都通向奇异的风景。池塘是风景。青蛙的池塘。蛇的池塘。螃蟹的池塘。翠鸟的池塘。浮萍的池塘。睡莲的池塘。芦苇的池塘。水荭的池塘。冒泡的池塘和不冒泡的池塘。没有传说的池塘和有传说的池塘。

传说明朝的嘉靖年间，有一个给地主家放牛的孩子，正在池塘边的茅草中蹲着干一件事儿，听到有两个男人的声音在池塘边上响起。谈话的大意是：这个池塘是一穴风水宝地，半夜三更时会有一朵奇大的白莲花苞从池塘中升起。如果趁着这莲花开放时，把祖先的骨灰罐儿投进去，注定了后代儿孙会高中状元。这个放牛娃很灵，知道这是两个会看风水的南方人。他心中琢磨：我给人家放牛，一个大字不识，一辈子不会有什么出息了，但如果我有中了状元的儿子，子贵父荣，也是一件大大的美事。尽管我现在还没有老婆，但老婆总是会有的。放牛娃回去把父母连同爷爷奶奶的尸骨起出来，烧化了，装在一个破罐子里，选一个月明之夜，蹲在池边茅草里，等待着。夜半三更时，果然有一个比牛头还要大的洁白的荷花苞儿从池塘正中冒了出来，紧接着就缓缓地开放，那些巨大的花瓣儿在月光的照耀下像什么只能由您自己去想象。等到花儿全部放开时，总有磨盘那般大小，香气浓郁，把池塘边上的野草都熏蔫了。放牛娃头晕眼花地站起来，双手捧住那个祖先的骨灰罐子，瞄得亲切，投向那花心，自然是正中了。香气大放了一阵，接着就收敛了，那些花瓣儿也逐渐地收拢，缩成了初出水时的模样，缓缓地沉下水去。放牛娃在池边干完了这一切，仿佛在梦境中。月亮明晃晃地高挂在天中，池塘中水平如镜，万籁俱寂，远处传来野鹅的叫声，仿佛梦呓。此后放牛娃继续放他的牛，一切如初，他把这事儿也就淡忘了。一天，那两个南方人又出现在池塘边，其中一位跌足长叹："晚了，被人家抢了先了。"放牛娃看到这两个人痛心疾首的样子，心中暗暗得意，装出无事人的样子，上前问讯："二位先生，来这里干什么？怀里抱着什么东西？"那两个人低头看看怀中的骨灰罐子，抬头看看放牛娃，眼中射出十分锐利的光线。后来，这两个人从南方带来了两个美女，非要送给放牛娃做老婆，所有的人都感到这事情不可思议，只有放牛娃心中明白。但送上门来的美女，不要白不要，于是就接受了，房子也是那两个人帮助盖好。过了几年，两个女人都怀了孕。一天，趁放牛娃不在家，两个南方人把两个女人带走了。放牛娃回来后，发现女人不在了，招呼了乡亲，骑马去追，追上了，不让走，南方人也不相让，相持不下，最终由乡绅出面达成协议，两个女人，南方人带走一个，给放牛娃留下一个。过了半年，两个女人各生了一个儿子。长大后，都聪慧异常，读书如吃方便面，先生们如走马灯般地换。十几年中，都由童生而秀才，由秀才而举人，然后进京考进士。南方的那位，在北上的船头上竖起了一面狂妄的大旗，旗上绣着："头名状元董梅赞，就怕高密哥哥小蓝田。"进场后，都是下笔千言，满卷锦绣。考试官难分高下，只好用走马观榜、水底摸碑等方式来判定高低。董梅赞在水底摸碑时耍了一个心眼，将天下太平的"太"字一点用泥巴糊住，使他的同父异母哥哥摸成了天下大平，于是，董梅赞成了状元，而蓝田屈居榜眼……这个传说还有别样的版本，但故事的框架基本如此。

如果干脆舍弃了道路，不管脚下是草丛还是牛粪，不要怕踩坏那一窝窝鲜亮的鸟蛋和活生生的雏鸟，不要怕被刺猬扎了你娇嫩的脚踝，不要怕花朵染彩了你洁净的衣裳，不要怕酢浆草的气味熏出你的眼泪，我们就笔直地对着东南方向那座秀丽的、孤零零的小山走吧。几个小时后，站在墨水河高高的、长满了香草、开遍了百花的河堤上，我们已经把那个幸运的放牛娃和他的美丽的传说抛在了脑后，而另外一个或是几个在河堤上放羊的娃娃正在睁大了眼睛，好奇地看着你。他们中如果有一个独腿的、满面孤独神情的少年，你千万可别去招惹他啊，他是高密东北乡最著名的土匪许大巴掌一脉单传的重孙子。许大巴掌曾经与在胶东纵横了16年的八路军司令许世友比试过枪法和武术。"咱俩都姓许，一笔难写两个许字。"这句很有江湖气的话不知道出自哪个许口。至今还在流传着他们在大草甸子里比武的故事，流传的过程也就是传奇的过程。那孤独的独腿少年站在河堤上，挥动着手中的鞭子，抽打着堤岸上的野草，一鞭横扫，高草纷披，开辟出一块天地。那少年的嘴唇薄得如刀刃一样，鼻子高挺，腮上几乎没有肉，双眼里几乎没有白色。几千年前蹲在渭河边上钓鱼的姜子牙，现在就蹲在墨水河边上，头顶着黑斗笠，身披着黑蓑衣，身后放一只黑色的鱼篓子，宛如一块黑石头。他的面前是平静的河水，野鸭子在水边浅草中觅食，高脚的鸬鹚站在野鸭们背后，尖嘴藏在背羽中。明晃晃一道闪电，嘎啦啦一声霹雳，头上的黑云团团旋转，顷刻遮没了半边天，青灰色的大雨点子急匆匆地砸下来，使河面千疮百孔。一条犁铧大小的鲫鱼落在了姜子牙的鱼篓里。河里有些什么鱼？黑鱼、鲇鱼、鲤鱼、草鱼、鳝鱼，泥鳅不算鱼，只能喂鸭子，人不吃它。色彩艳丽的"紫瓜皮"也不算鱼，它活蹦乱跳，好像一块花玻璃。鳖是能成精作怪的灵物，尤其是五爪子鳖，无人敢惹。河里最多的是螃蟹，还有一种青色的草虾子。这条河与胶河一样是我们高密东北乡的母亲河。

胶河在村子后边，墨水河在村子前面，两条河往东流淌40里后，在咸水口子那里汇合在一起，然后注入渤海的万顷碧波之中。有河必有桥，桥是民国初年修的，至今已经摇摇欲坠。桥上曾经浸透了血迹。一个红衣少女坐在桥上，两条光滑的小腿垂到水面上。她的眼睛里唱着500年前的歌谣。她的嘴巴紧紧地闭着。她是孙家这个阴鸷的家族中诸多美貌哑巴中的一个。她是一个彻底的沉默者，永远紧绷着长长的秀丽的嘴巴。那一年9个哑巴姐妹叠成了一个高高的宝塔，塔顶上是她们的夜明珠般的弟弟———一个伶牙俐齿的男孩子。他踩在姐姐们用身体垒起来的高度上，放声歌唱："桃花儿红，莲花儿白，莲花儿白白如奶奶……"这歌声也照样地渗透在他的姐姐们的眼睛里。每当我注视着孙家姐妹们冷艳的凤眼，便亲切地听到了那白牙红唇的少年的歌唱。这歌唱渗透到他的姐姐们丰满的乳房里，变成青白的乳汁，哺育着面色苍白的青年。

发生在这座老弱的小石桥上的故事多如牛毛。世间的书大多是写在纸上的，也有刻在竹简上的，但一部关于高密东北乡的大书是渗透在石头里的，是写在桥上的。

过了桥，又上堤，同样的芳草野花杂色烂漫的堤，站上去往南望，土地猛然间改变了颜色：河北是黑色的原野，河南是苍黄的土地。秋天，万亩高粱在河南成熟，像血像火又像豪情。采集高粱米的鸽子们的叫声竟然如女人的悲伤的抽泣。但现在已经是滴水成冰的寒冬，大地沉睡在白雪下，初升的太阳照耀，眼前便展开了万丈金琉璃。许多似曾相识的人在雪地上忙碌着，他们仿佛是从地下冒出来的。这就是高密东北乡的"雪集"了。"雪集"者，雪地上的集市也。雪地上的贸易和雪地上的庆典，是一个将千言万语压在心头，一出声就要遭祸殃的仪式。成千上万的东北乡人一入冬就盼望着第一场雪，雪遮盖了大地，人走出房屋，集中在墨水河南那片大约有300亩的莫名其妙的高地上。据说这块高地几百年前曾经是老孙家的资产，现在成了村子里的公田。据说高密东北乡的领导人要把这片高地变成所谓的开发区，这愚蠢的念头遭到了村民的坚决抵制。圈地的木橛子被毁坏了几十次，乡长的院子里每天夜里都要落进去一汽车破砖碎瓦。

　　我多么留恋着跟随着爷爷第一次去赶"雪集"的情景啊。在那里，你只能用眼睛看，用手势比画，用全部的心思去体会，但你绝对不能开口说话。开口说话会带来什么后果？我们心照不宣。"雪集"上卖什么的都有，最多的是用蒲草编织成的草鞋和各种吃食。主宰着"雪集"的是食物的香气：油煎包的香气，炸油条的香气，烧猪肉的香气，烤野兔的香气……女人们都用肥大的袖口捂住嘴巴，看起来是为了防止寒风侵入，其实是要防止话语溢出。我们这里遵循着这古老的约定：不说话。这是人对自己的制约，也是人对自己的挑战。苏联著名小说《钢铁是怎样炼成的》中的主人公保尔·柯察金说不抽烟就不抽烟了，高密东北乡人民说不说话就不说话了。会抽烟不抽烟是痛苦，但会说话不说话却是乐趣。难得的是来这里的人都憋着不说话。当年我亲眼目睹着因为不说话使"雪集"上的各项交易以神奇的速度进行着。因为不说话，一切都变得简洁明了，可见人世上的话，99%都是废话，都可以省略不说。闭住你的嘴巴，省出力量和时间来思想吧。不说话会让你捕捉到更多的信息。关于颜色，关于气味，关于形状。不说话使人处在一种相互理解的和谐气氛中，不说话使人避免了过分的亲昵也避免了争斗，不说话使人与人之间的关系拉上了一层透明的帷幕，由于有了这层帷幕，彼此反倒更深刻地记住了对方的容貌。不说话你能更多地听到美好的声音。不说话女人的嫣然一笑更加赏心悦目、心领神会。你愿意说话也可以，但只要你一开口，就会有无数的眼睛盯着你，使你感到无地自容。大家都能说话而不说，你为什么偏要说？人民的沉默据说是一个可怕的朕兆，当人们七嘴八舌地议论着、詈骂着时，这个社会还有救；当人民都冷眼不语装了哑巴时，这个社会就到了尽头。据说有一个外乡人来到"雪集"，纳闷地说："你们这里的人都是哑巴吗？"他受到了什么样的惩罚？请你猜猜看。

不要在此流连，关于"雪集"，我会在一部长篇小说里再次对你说起，非常的详细。下面，请你注意那条狗。那条瞎眼的狗，在雪地上追逐野兔。我在本文开篇时为这条狗下了一个定语：莽撞。其所以莽撞，是因为瞎眼；正因为盲目，所以就莽撞。其实他追逐着的，仅仅是野兔的气味和声音。但它最终总是能一口咬住野兔子。使我想起了德国作家聚斯金德的小说《香水》，那里边有一个怪人，通过对气味的了解，比所有的人都更加深刻地了解了这个世界。日本的盲人音乐家宫城道雄写道："失去了光之后，在我的面前却展现出无限复杂的音的世界，充分地弥补了我因为不能接触颜色造成的孤寂。"这位天才还听到了声音的颜色，他说音和色密不可分，有白色的声音，黑色的声音，红色的声音，黄色的声音，等等，也许还有一个天才，能听出声音的气味来。

就不去西南方向的沼泽地了吧？也不去东北方向的大河入海处了吧？那儿的沙滩上有着硕果累累的葡萄园。也不去逐个地游览高密东北乡版图上那些大小村镇了吧？那儿的历史上曾经有过的烧酒大锅、染布的作坊、孵小鸡的暖房、训老鹰的老人、纺线的老妇、熟皮子的工匠、谈鬼的书场等等等等都沉积在历史的岩层中，跑不了的。请看，那条莽撞的狗把野兔子咬住了。叼着，献给它的主人，高寿的门老头儿。他已经99岁。他的房屋坐落在高密东北乡最东南的边缘上，孤零零的。出了他的门，往前走两步，便是一道奇怪的墙壁，墙里是我们的家乡，墙外是别人的土地。

门老头儿身材高大，年轻时也许是个了不起的汉子。他的故事至今还在高密东北乡流传。我最亲近他捉鬼的故事。说他赶集回来，遇到一个鬼，是个女鬼，要他背着走。他就背着她走。到了村头时鬼要下来，他不理睬，一直将那个鬼背到了家中。他将那个女鬼背到家中，放下一看，原来是个……这个孤独的老人，曾经给一个大名鼎鼎的人物当过马夫。据说他还是共产党员。从我记事起，他就住在远离我们村子的地方。小时候我经常吃到他托人捎来的兔子肉或是野鸟的肉。他用一种红梗的野草煮野物，肉味于是鲜美无比，宛如动听的音乐，至今还缭绕在我的唇边耳畔。但别人找不到这种草。前几年，听村子里的老人说，门老头儿到处收集酒瓶子，问他收了干什么，他也不说。终于发现他在用废旧的酒瓶子垒一道把高密东北乡和外界分割开来的墙。但这道墙刚刚砌了20米，老头儿就坐在墙根上无疾而终了。

这道墙是由几十万只酒瓶子砌成的，瓶口一律向着北。只要是刮起北风，几十万只酒瓶子就会发出声音各异的呼啸，这些声音汇合在一起，便成了亘古未有的音乐。在北风呼啸的夜晚，我们躺在被窝里，听着来自东南方向变幻莫测、五彩缤纷、五味杂陈的声音，眼睛里往往饱含着泪水，心中常怀着对祖先的崇拜，对大自然的敬畏、对未来的憧憬，对神的感谢。

你什么都可以忘记，但不要忘记这道墙发出的声音。因为它是大自然的声音，是鬼与神的合唱。

会唱歌的墙昨天倒了，千万只碎的玻璃瓶子，在雨水中闪烁着清冷的光芒继续歌唱，但较之以前的高唱，现在已经是雨中的低吟了。值得庆幸的是，那高唱，那低吟，都渗透到了我们高密东北乡人的灵魂里，并且会世代流传。

10

过去的年

退回去几十年，在我们乡下，是不把阳历年当年的。那时，在我们的心目中，只有春节才是年。这一是与物质生活的贫困有关——因为多一个节日就多一次奢侈的机会，当然更重要的还是观念问题。

春节是一个与农业生产关系密切的节日，春节一过，意味着严冬即将结束，春天即将来临。而春天的来临，也就是新的一轮农业生产的开始。农业生产基本上是大人的事，对小孩子来说，春节就是一个可以吃好饭、穿新衣、痛痛快快玩几天的节日，当然还有许多的热闹和神秘。

我小的时候特别盼望过年，往往是一过了腊月，就开始掰着指头数日子，好像春节是一个遥远的、很难到达的目的地。对于我们这种焦急的心态，大人们总是发出深沉的感叹，好像他们不但不喜欢过年，而且还惧怕过年。他们的态度令当时的我感到失望和困惑，现在我完全能够理解了。我想我的长辈们之所以对过年感慨良多，一是因为过年意味着一笔开支，而拮据的生活预算里往往没有这笔开支，二是飞速流逝的时间对他们构成的巨大压力。小孩子可以兴奋地说：过了年，我又长大了一岁；而老人们则叹息：嗨，又老了一岁。过年意味着小孩子正在向自己生命过程中的辉煌时期进步，而对于大人，则意味着正向衰朽的残年滑落。

熬到腊月初八日，是盼年的第一站。这天的早晨要熬一锅粥，粥里要有8样粮食——其实只需7样，不可缺少的大枣算一样。据说在解放前的腊月初八凌晨，庙里或是慈善的大户都会在街上支起大锅施粥，叫花子和穷人们都可以免费喝。我曾经十分地向往着这种施粥的盛典，想想那些巨大无比的锅，支设在露天里，成麻袋的米豆倒进去，黏稠的粥在锅里翻滚着，鼓起无数的气泡，浓浓的香气弥漫在凌晨清冷的空气里。一群手捧着大碗的孩子们排着队焦急地等待着，他们的脸冻得通红，鼻尖上挂着清鼻涕。为了抵抗寒冷，他们不停地蹦跳着，喊叫着。我经常幻想着我就在等待着领粥的队伍里，虽然饥饿，虽然寒冷，但心中充满了欢乐。后来我在作品中数次描写了我想象中的施粥场面，但写出来的远不如想象中的辉煌。

过了腊八再熬半月，就到了辞灶日。我们那里也把辞灶日叫做小年，过得比较认真。早饭和午饭还是平日里的糙食，晚饭就是一顿饺子。为了等待这顿饺子，我早饭和午饭吃得很少。那时候我的饭量大得实在是惊人，能吃多少个饺子就不说出来吓人了。辞灶是有仪式的，那就是在饺子出锅时，先盛出两碗供在灶台上，然后烧半刀黄表纸，把那张灶马也一起焚烧。焚烧完毕，将饺子汤淋一点在纸灰上，然后磕一个头，就算祭灶完毕。这是最简单的。比较富庶的人家，则要买来些关东糖供在灶前，其意大概是让即将上天汇报工作的灶王爷尝点甜头，在上帝面前多说好话。也有人说是用关东糖粘住灶王爷的嘴。这种说法不近情理，你粘住了他的嘴，坏话固然是不能说了，但好话不也说不了了嘛！

　　祭完了灶，就把那张从灶马上裁下来的灶马头儿贴到炕头上，所谓灶马头，其实就是一张农历的年历表，一般都是拙劣的木版印刷，印在最廉价的白纸上。最上边印着一个小方脸、生着三绺胡须的人，他的两边是两个圆脸的女人，一猜就知道是他的两个太太。当年我就感到灶王爷这个神祇的很多矛盾之处，其一就是他整年累月地趴在锅灶里受着烟熏火燎，肯定是个黑脸的汉子——乡下人说某人脸黑：看你像个灶王爷似的——但灶马头上的灶王爷脸很白。灶马头上都印着来年几龙治水的字样。一龙治水的年头主涝，多龙治水的年头主旱，"人多乱，龙多旱"这句俗语就是从这里来的，其原因与"三个和尚没水吃"是一样的。

过了辞灶日，春节就迫在眉睫了。但在孩子的感觉里，这段时间还是很漫长。终于熬到了年除夕，这天下午，女人们带着女孩子在家包饺子，男人们带着男孩子去给祖先上坟。而这上坟，其实就是去邀请祖先回家过年。上坟回来，家里的堂屋墙上，已经挂起了家堂轴子，轴子上画着一些冠冕堂皇的古人，还有几个像我们在忆苦戏里见到过的那些财主家的戴着瓜皮小帽的小崽子模样的孩子，正在那里放鞭炮。轴子上还用墨线起好了许多的格子，里边填写着祖宗的名讳。轴子前摆着香炉和蜡烛，还有几样供品。无非是几颗糖果，几块饼干。讲究的人家还做几个碗，碗底是白菜，白菜上面摆着几片油炸的焦黄的豆腐之类。不可缺少的是要供上一把斧头，取其谐音"福"字。这时候如果有人来借斧头，那是要遭极大的反感的。院子里已经撒满了干草，大门口放一根棍子，据说是拦门棍，拦住祖宗的骡马不要跑出去。

　　那时候不但没有电视，连电都没有，吃过晚饭后还是先睡觉。睡到三更正晌时被母亲悄悄地叫起来。起来穿上新衣，感觉到特别神秘，特别寒冷，牙齿嘚嘚地打着战。家堂轴子前的蜡烛已经点燃，火苗颤抖不止，照耀得轴子上的古人面孔闪闪发光，好像活了一样。院子里黑得伸手不见五指，仿佛有许多的高头大马在黑暗中咀嚼谷草。——如此黑暗的夜再也见不到了，现在的夜不如过去黑了。这是真正地开始过年了。这时候绝对不许高声说话，即便是平日里脾气不好的家长，此时也是柔声细语。至于孩子，头天晚上母亲已经反复地叮嘱过了，过年时最好不说话，非得说时，也得斟酌词语，千万不能说出不吉利的话，因为过年的这一刻，关系到一家人来年的运道。做年夜饭不能拉风箱——呱嗒呱嗒的风箱声会破坏神秘感——因此要烧最好的草，棉花柴或者豆秸。我母亲说，年夜里烧花柴，出刀才，烧豆秸，出秀才。秀才吗，是知识分子，有学问的人，但刀才是什么，母亲也解说不清。大概也是个很好的职业，譬如武将什么的，反正不会是屠户或者是刽子手。因为草好，灶膛里火光熊熊，把半个院子都照亮了。锅里的蒸汽从门里汹涌地扑出来。饺子下到锅里去了。白白胖胖的饺子下到锅里去了。每逢此时我就油然地想起那个并不贴切的谜语：从南来了一群鹅，扑棱扑棱下了河。饺子熟了，父亲端起盘子，盘子上盛了两碗饺子，往大门外走去。男孩子举着早就绑好了鞭炮的杆子紧紧地跟随着。父亲在大门外的空地上放下盘子，点燃了烧纸后，就跪下向四面八方磕头。男孩子把鞭炮点燃，高高地举起来。在震耳欲聋的鞭炮声中，父亲完成了他的祭祀天地神灵的工作。回到屋子里，母亲、祖母们已经欢声笑语了。神秘的仪式已经结束，接下来就是活人们的庆典了。在吃饺子之前，晚辈们要给长辈磕头，而长辈们早已坐在炕上等待着了。我们在家堂轴子前一边磕头一边大声地报告着被磕者：给爷爷磕头，给奶奶磕头，给爹磕头，给娘磕头……长辈们在炕上响亮地说着：不用磕了，上炕吃饺子吧！晚辈们磕了头，长辈们照例要给一点磕头钱，一毛或是两毛，这已经让我们兴奋得想雀跃了。年夜里的饺子是包进了钱的，我家原来一直包清朝时的铜钱，但包了铜钱的饺子有一股浓烈的铜锈气，无法下咽，等于浪费了一个珍贵的饺子，后来就改用硬币了。现在想起来，那硬币也脏得厉害，但当时我们根本想不到这样奢侈的问题。我们盼望着能从饺子里吃出一个硬币，这是归自己所有的财产啊，至于吃到带钱饺子的吉利，孩子们并不在意。有一些孝顺儿媳白天包饺子时就在饺子皮上做了记号，夜里盛饺子时，就给公公婆婆的碗里盛上了带钱的，借以博得老人的欢喜。有一年我为了吃到带钱的饺子，一口气吃了三碗，钱没吃到，结果把胃撑坏了，差点要了小命。

过年时还有一件趣事不能不提，那就是装财神和接财神。往往是你一家人刚刚围桌吃饺子时，大门外就起了响亮的歌唱声：财神到，财神到，过新年，放鞭炮。快答复，快答复，你家年年盖瓦屋。快点拿，快点拿，金子银子往家爬……听到门外财神的歌唱声，母亲就盛上半碗饺子，让男孩送出去。扮财神的，都是叫花子。他们提着瓦罐，有的提着竹篮，站在寒风里，等待着人们的施舍。这是叫花子们的黄金时刻，无论多么吝啬的人家，这时候也不会舍不出那半碗饺子。那时候我很想扮一次财神，但家长不同意。我母亲说过一个叫花子扮财神的故事，说一个叫花子，大年夜里提着一个瓦罐去挨家讨要，讨了饺子就往瓦罐里放，感觉到已经要了很多，想回家将百家饺子热热自己也过个好年，待到回家一看，小瓦罐的底儿不知何时冻掉了，只有一个饺子冻在了瓦罐的边缘上。叫花子不由地长叹一声，感叹自己的命运实在是糟糕，连一瓦罐饺子都担不上。

现在，如果愿意，饺子可以天天吃，没有了吃的吸引，过年的兴趣就去了大半，人到中年，更感到时光的难留，每过一次年，就好像敲响了一次警钟。没有美食的诱惑，没有神秘的气氛，没有纯洁的童心，就没有过年的乐趣，但这年还是得过下去，为了孩子。我们所怀念的那种过年，现在的孩子不感兴趣，他们自有他们的欢乐的年。

时光实在是令人感到恐慌，日子像流水一样一天天滑了过去。

洪水·牛蛙

11

20世纪60年代以前，我们高密东北乡真像一个泽国，水多得一塌糊涂。那时一到夏天就连阴，雨水缠绵不断。但从70年代开始，一直到现在，干旱得越来越厉害，有时候3个月滴水不落。当年洪水滔天的河流干涸见底，河底下可以搭台子唱戏了。我们仰天盼雨，雨啊雨，你下到哪里去了呢？天不下雨，我们就要抗旱，打井，挖水库，挑水浇地，肩膀上磨出铁一样的茧子。水位越来越低，水越来越苦咸，最后挖几十米深也挖不出水了，庄稼也就干死了。

老人们偷偷祈雨，到干涸的河底下去烧香烧纸，被干部发现了，还要挨批斗。我一个叔叔说：真要祈雨，烧香烧纸不行，必须大心大诚发大愿，像当年天齐庙里的和尚那样，头上顶着炸药包，抻出一根30米长的导火索，只给老天爷3分钟，不下雨浇灭导火索，和尚必定炸死。但太阳火爆，片云也无，眼看着导火索就燃烧到了和尚头顶，说时迟那时快，一只麻雀从空中飞过，屙下一摊鸟屎，把导火索给湮灭了——老天爷是真的没有雨啊。

我经常说，涝死比旱死好，涝死人不要出力，比较干脆，而旱死要活活煎熬，活受罪。于是就怀念60年代的夏天，那么多的雨水，一会儿大雨，一会儿中雨，一会儿小雨，一会儿东边日出西边雨。到了6月、7月，连续一个星期不见太阳是常有的事。地里面、胡同里边全是水，家里边也是水，当时要挖地，一锹下去水就冒上来了。

记得有一年，我脚上生了个疮。母亲不让我下地，因为地上全是泥泞。我只好坐在炕上，透过后窗，看到河里的水滚滚东去，河水似乎比房顶都高了，几乎看着河水要从河堤上溢出来了。我在小说里写"像烈马一样的奔涌的河水"就是这样观察到的。当时家里没有收音机，更没有电视，县里的有线广播，每家给安一个小喇叭，挂在窗台上，一到防汛的季节，小喇叭就连续地广播："贫下中农请注意，贫下中农请注意，下午3点将有600个流量下来，胶河下游的贫下中农立刻上河堤，准备抢险。"村里立刻敲锣集合，危难时刻人心齐，老婆、孩子，只要能拿得动铁锹的，能扛得动草包的，都到河堤上去了。你可以看到河水排山倒海，就像钱塘江潮一样，滚滚而来。潮头一下来，扑鼻的水腥味，一浪一浪地就从后窗里扑进来了。我大哥当时已经在上海念大学了，每年暑假回来，出了高密火车站，那会儿没有汽车，只能背个小包袱往家走。走到离我们家十来里路的地方，就听到一片青蛙的叫声，响彻云霄。心里知道，坏了，又涝了，又淹掉了。不知道从哪里来了那么多的青蛙，青蛙的叫声彻夜不息。一到夜深人静的时候，村子里一片漆黑，你会感觉到，整个村庄是漂浮在青蛙之上的，哇哇哇，呱呱呱，又嘹亮又潮湿的一种声音，吵得人难以睡觉。青蛙的叫声把整个村庄都托起来了。那时人也不知道吃青蛙，有敬畏，不敢吃。第二天到池塘去看，到河堤上去看，好像所有的青蛙来开会，一片碧绿，全是青蛙的脊背，密密麻麻，水面都看不到，全是青蛙。这确实是大自然的壮丽景观，想象也想象不到的，当然如果将来写到小说里面，就更加神奇了。

一个孩子，在农村这种环境里没人理你，很寂寞，那你只好去观察大自然。所有的人，都跑到河堤上去了，连奶奶都去了。我因为脚生疮，一个人坐在炕头，或者树下的小凳上，观察院子里那些大蛤蟆爬来爬去，看着它们怎么捉苍蝇。我啃了一个老玉米，剩下一个玉米棒子，扔在一边，一群苍蝇摞上来，碧绿的苍蝇，绿头苍蝇，像玉米粒那样大，有的比玉米粒还要大，全身碧绿，就像玉石一样，只有眼睛是红的。看到那些苍蝇不断地跷起一条腿来擦眼睛，抹翅膀。世界上没有一种动物能像苍蝇那样灵巧，能用腿来擦自己的眼睛。一只大蛤蟆爬过去，悄悄地爬，为了不出声音，慢慢地、慢慢地，一点声音不发出的，爬，腿慢慢地拉长，收缩，再拉长，向苍蝇靠拢，苍蝇也感觉不到。距离苍蝇约有20厘米处，它停住了，"啪"，舌头像梭镖一样弹出来了，苍蝇就被卷进了它的嘴巴。蛤蟆捕食的时候是一点不笨的，它的舌头非常灵巧，一伸出去就把苍蝇吃掉了。我还看到我们家院墙上的绿草快速地生长。你刚刚看了河里的水，回头再看墙上的草，就比刚才长高1厘米了。突然又看到了一个知了龟儿，也就是蝉的幼虫，慢慢地爬出来，爬到一棵向日葵的茎上，停住，脊背慢慢裂开，一个嫩黄的蝉爬出来了。刚爬出时，它的翅膀是黏结成一团的，慢慢地在空气当中伸展、伸展，身体也渐渐改变颜色，从嫩黄色一会就变黄，之后就变黑了，然后翅膀一抖，"嗡"地飞起来钻到天上去，成了一个黑点，看不见了。我就观察那些东西，看腻了，就到炕上去，看墙上的旧报纸。我们的房子已经很老很老了，墙壁被油烟熏得黑黝黝的，到了春节的时候，搞一些旧报纸一贴，晚上被灯光照耀，满屋生辉。我母亲不认字，贴的时候，有的贴倒了，有的贴横了。我在炕上转圈看，报纸如果头朝下，我就仰着看；报纸朝上，我就站着看，翻来覆去看那十几张报纸上的消息：1958年大跃进啊；小麦亩产1万斤啊；天津郊区农民芦苇和水稻嫁接成功啊；斯大林大元帅逝世啊；某地农村医生发明了计划生育的新方法，让育龄妇女每次和丈夫同房之前，生吞20只蝌蚪，可以避孕啦……现在回忆起这些东西，感觉很有意思。那时候报纸上的文章，几乎都是魔幻现实主义小说，夸张，变形，充满了想象力。看累了报纸，一抬头，突然就发现一个很嫩很嫩的鹅黄色螳螂从窗户旁边爬过来了。一只壁虎跟在螳螂后边爬。房檐和窗棂间，一只蜘蛛正在结网。一只蜻蜓撞到蛛网上了，蜘蛛冲上去。一只小燕子撞到蛛网上，把蛛网撞破了。蜘蛛结网意味着天要好了，果然一缕阳光慢慢从稠云当中露出来了，很快感觉到大地像一个烧开的锅炉一样，热气蒸腾出来了……把一个生病的孩子在炕上关上30天，他能够观察很多东西。有时候我也玩捉苍蝇的游戏，将一点饭渣子粘在手指上，举着，苍蝇就爬上来了，指头猛一合，就把它捏住了……玩着玩着，我就睡着了。

突然被锣声惊醒，河堤上一片喧哗。开口子了，一定是开口子了。从后窗看到，堤上人来回奔跑。父亲跑回家，扛了几捆高粱秸秆，看也不看我一眼又跑了。胡同里全是扛着东西奔跑的人。为了堵决口，保村庄，家里的东西都拿出去了，包括被子、门板，连架上的冬瓜都摘下来了。实在不行了只好到村外去，扒开一口子放水泄洪。一放水庄稼就淹了，但村子保住了。也有两个村之间为了放水打起架来的。河这边坡里，玉米、高粱长得特别好，一旦决口，就全淹死了，那就以邻为壑——找一个力量特别大的青蛙，最好是从古巴引进的那种体型庞大的牛蛙——牛蛙的事我待会儿再说——用一根长长的丝线绳子，拴着牛蛙的后腿，猛地往对面甩，牛蛙往河的对面游，这边牵着线。牛蛙游到对岸边，要往岸上爬。那边牛蛙一爬这边人一拽丝线，牛蛙的两条前肢就不断地扒对岸河堤。我们那个地方河堤是沙土的，被水浸泡后十分松软，牛蛙的爪子扒来扒去，决口就出现了。利用一只牛蛙就可以制造一起决口的事件。对岸决口，这岸就安全了。

这事情我没干过也没看过，但老人们这样说过。为什么洪水季节每天晚上要打着灯笼巡逻？生怕对岸的人扔过牛蛙来给扒开河堤。再讲讲牛蛙。20世纪60年代初，我们和古巴友好，有一首古巴歌曲那时很流行："美丽的哈瓦那，那里有我的家，明媚的阳光照大地，门前开红花……"歌词很光明，但曲调很忧伤。为了改善人民生活，国家专门从古巴引进了一批牛蛙。我们高密东北乡低洼多水，还有许多湿地，特别适合两栖类动物生活。于是国家就把牛蛙放养到我们那里。弄了几百只种蛙来，还建立了一个养蛙场，但一下大雨就逃光了。牛蛙形貌丑陋，不如青蛙漂亮，与癞蛤蟆有点相似，没人敢吃它的肉。这些东西到了我们高密东北乡，简直到了天堂。两年内，就繁殖成灾。它们什么都吃，连树叶子都吃。叫起来声音低沉，哞哞的，像牛叫一样，原来牛蛙是因为叫声得名。到了夏天的夜晚，我们高密东北乡可就热闹了，牛蛙和青蛙大合唱，吵得人根本睡不着。后来又传说，一个牛蛙，长得像头小牛那样大，成了精……我就先说到这里吧。

12

洗热水澡

当兵之前，我在农村生活了20年，从没洗过一次热水澡。那时候我们洗澡是到河里去。我家的房后有一条胶河，每到盛夏季节，河中水势滔滔，坐在炕上便能看到河中的流水。回忆中那时候的夏天比现在热得多，吃罢午饭，总是满身大汗。什么也顾不上，扔下饭碗便飞快地跑上河堤，一头扎到河里去，扎猛子打扑通，这行为本是游泳，但我们从来把这说成是洗澡。在河里泡上一晌午头，等到大人们午睡起来，我们便爬上岸，或是去上学，或是去放牛羊。每年的夏天，河里总要淹死几个孩子，但并不能阻止我们下河洗澡。大人也懒得来管。我们都是好水性，没人教练，完全是无师自通，游泳的姿势也是五花八门。那时候，每到夏天，10岁以下的男孩子，身上都是一丝不挂，连鞋子也不穿。我们身上沾满了泥巴，晒得像一条条黑巴鱼。有一些胆大的女孩子也有每天中午跟着男孩子下河的，但她们总是要穿着衣服，拖泥带水，很不利索。

我们洗澡的时间大概从"五一"节开始，洗到十月国庆节为止。个别的特别恋水的孩子，到了下霜的深秋季节，还动不动就往河里跳。我们那时自然不知冬泳什么的，只是感到不下水身上刺痒。河里结了冰，我们就没法子洗澡了。然后就干巴一个冬季，任凭身上的灰垢积累得比铜钱还要厚。那时候我们并不知道城里人在冬季还能洗热水澡。

我第一次洗热水澡是应征入伍后到县城里去换穿军装的时候。那时我已20岁。那个冬季里我们县共征收了900名士兵，在县城集合，发放了军装后，像赶鸭子似的被赶到两个澡堂子里去。送行的家人们在澡堂子外边等着拿我们换下来的衣服。那时县城里总共有两个澡堂子。一个是公共澡堂，一个是橡胶厂澡堂。公共澡堂也叫人民浴池，是供县城人民洗澡用的，据说里边有一个很大的水池子，而且还是石板铺地。橡胶厂澡堂是供橡胶厂工人洗澡用的，规模很小，设施也差。我不幸被分到橡胶厂的澡堂里去。那个澡堂其实就是在平地里挖了一个坑，周遭抹上一层水泥。水泥坑中倒上几十桶热水。墙角上临时生了几个火炉子。澡堂里的墙上、地上到处都抹着一层又黑又黏的脏东西，估计是从橡胶工人身上洗下来的。屋子里散发着一股刺鼻的臭气，比农村里所有的气味都难闻。很多人捂着鼻子跑出来说不洗了不洗了！但带队的武装部干部说，你们已经是兵了，军令如山倒，让你们洗就得洗，不洗就是违抗军令。于是大家只好手忙脚乱地脱衣。300个青年，光溜溜的，发一声喊，冲进澡堂里去，像下饺子一样跳到池中。水池立刻就满了人，好似肉的丛林。池中的水猛地溢了出来，在地上涌流，流到外间去，浸湿了我们脱下来的衣服。这次所谓洗澡，不过是用热水沾了沾身体罢了。力气小的挤不进去，连身体也没沾湿。但是从此之后，我知道了人在严寒的冬天，可以在室内用热水洗澡这件事。

当兵后，部队住在偏远的农村，周围连条可以洗澡的河都没有。我们整天摸爬滚打，还要养猪种菜，脏得像泥猴子似的，身上散发着臭气。但部队就是部队，待遇胜过农民。每逢重大节日，部队领导就提前派人到县城里去联系澡堂子。联系好了，就用大卡车拉着我们去。这一天部队把整个澡堂子包了下来，老百姓不准入内。我们可以尽兴地洗。我们所在的那个县是革命老根据地，对子弟兵有很深的感情。澡堂工作人员对我们特别客气，免费供应茶水，还免费供应肥皂，把我们感动得很厉害。那个很胖大的澡堂领导对我们说：好好洗，同志们，来一次不容易。有什么意见随时提出来，我们随时改正。我们的带队领导说：同志们，好好洗，认真洗，洗不好对不起人民群众对子弟兵的一片心意。我们在澡堂子里一般要耗6个小时，上午9点进去，下午3点出来。我们在老兵的带领下，先到水温不太高的大池子里泡，泡透了，爬上来，两个人一对，互相搓身上的灰。直搓得满身通红，好像褪去了一层皮，也的确是褪去了一层皮。搓完了灰，再下水去泡着。泡一会儿，再上来搓灰。这一次是细搓，连脚丫缝隙里都要搓到。搓完了，老兵同志站在池子沿上，说：不怕烫的、会享福的跟我到小池子里泡着去。我们就跟着老兵到小池子里去。小池子里的水起码有60摄氏度，水清见底，冒着袅袅的蒸汽。一个新兵伸手试了试，哇地叫了一声。老兵轻蔑地看了他一眼，说：大惊小怪干什么？然后，好像给我们表演似的，他屏住气息，双手按着池子的边沿，闭着眼，将身体慢慢地顺到池子里。他人下了池子，几分钟后还是无声无息，好像牺牲了似的，我们胡思乱想着但是不敢吭气。过了许久，水池中那个老兵才长长地吐出一口气，足有3米长。我们在一个忠厚老兵的教导下，排着队蹲在池边，用手往上撩热水，让皮肤逐渐适应。然后，慢慢地把脚后跟往水里放。一点一点地放，牙缝里咝咝地往里吸着气。渐渐地把整个脚放下去了。老兵说，不管烫得有多痛，只要放下去的部分，就不能提上来。我们遵循着他的教导，咬紧牙关，一点点地往下放腿，终于放到了大腿根部。这时你感到，好像有1万根针在扎着你的腿，你的眼前冒着金火花，两个耳朵眼里嗡嗡地响。你一定要咬住牙关，千万不能动摇，一动摇就什么都完了。你感到热汗就像小虫子一样从你的毛孔里爬出来。然后，在老兵的鼓励下，你一闭眼，一咬牙，抱着死也不怕的决心，猛地将整个身体浸到热水中。这时候你会百感交集，多数人会像火箭一样蹿出水面。老兵说，意志坚定不坚定，全看这一霎哪。你一往外蹿，等于前功尽弃，这辈子也没福洗真正的热水澡了。这时你无论如何也要狠下心，咬住牙，你就想：我宁愿烫死在池子里也不出来了。这时你可能感到有万支钢针在给你针灸，你的心脏跳动得比麻雀心脏还要快，你的血液像开水一样在血管子里循环，你汗如雨下，你血里的脏东西全部顺着汗水流出来了。过了这个阶段，你感到你的身体不知道哪里去了，你基本上不是你了。你能感觉到的只有你的脑袋，你能支配的器官只有你的眼皮，如果眼皮算个器官的话。连眼皮也懒得睁开。你这时尽可以闭上眼睛，把头枕在池子沿上睡一觉吧。即便是这样死了，你也挺幸福是不是？在这样的热水中像神仙一样泡上个把小时，然后调动昏昏沉沉的意识，自己对自己说：行了，伙计，该上去了，再不上去就泡化了。你努力找到自己的身体，用双手把住池子的边沿，慢慢地往上抽身体，你想快也快不了。你终于爬上来了。你低头看到，你的身体红得像一只煮熟的大龙虾，散发着一股新鲜的气味。澡堂中本来温度很高，但是你却感到凉风习习，好像进了神仙洞府。你看到一个条凳，赶快躺下来。如果找不到条凳，你就随便找个地方躺下吧。你感到浑身上下，有一股说痛不是痛，说麻不是麻的古怪滋味，这滋味说不上是幸福还是痛苦，反正会让你终生难忘。躺在凉森森的条凳上，你感到天旋地转，浑身轻飘飘的，有点腾云驾雾的意思。躺上半小时，你爬起来，再到热水池中去浸泡10分钟，然后就到莲蓬头那儿，把身体冲一冲，其实冲不冲都无所谓，在那个时代里，我们没有那么多卫生观念。洗这样一次澡，几乎有点像脱胎换骨，我们神清气爽，自觉美丽无比。

过了十几年，我到北京上学、工作，虽然是身在首都，但要洗一次澡还是不容易。譬如在军艺上学期间，每周澡堂开1次。因为要讲究卫生，取消了水池子，全部改成了淋浴。总共十几个莲蓬头，全院数百个男子，只能是有人洗，有人在一边等。暖气烧得又不热，把人冻得像猴似的。好不容易洗完了澡，再冒着寒风、踩着满地的煤灰走回宿舍，连一点美好的感觉也找不到了。从那时我就想：将来如果有了钱或是有了权，我要做的第一件事就是在自己家里修一个澡堂子，澡堂子里有一大一小两个水池子，一天24小时都有热水，大池子里的水比较热，小池子里的水特别热。据说我党的许多领导人喜欢坐在马桶上办公，我如果成了什么领导人，一定要泡在澡堂子里办公，办公桌就浮在水面上。开会也在澡堂里开，大家一边互相搓着背，一边讨论，那样肯定能够比较坦诚相见，许多衣冠楚楚时解决不了的问题也就容易解决了。有好几次我接受记者采访，他们问我最大的理想是什么，我说就是将来在家修个澡堂子，天天能洗热水澡。

又过了将近10年，我的家中安装了燃气热水器，基本上解决了天天能洗热水澡的问题，但这离我的理想还相差甚远。在热水器下洗完澡，总是感到浮皮潦草，一点都不深刻，没有那种脱胎换骨的感觉。我理想的、我向往的、我怀念的还是县城里那种有热水池和超热水池的大澡堂子，如果要修一个私有的这样规模的大澡堂并能日日维持热水不断，我的钱还远远不够，我的权更是远远不够。我这样的人这辈子是当不上什么官了，所以指望着利用职权来为自己修一个大澡堂子的可能性是不存在的，只有寄希望于我能写出一部畅销书，卖了几千万本，收入了亿万元的版税，那时，我的大澡堂子就可以兴建了。到时候欢迎各位到我家来洗澡，咱们一边洗澡一边谈论文学问题，那该是多么幸福的生活啊！

我的中学时代　　　　　13

　　"文化大革命"初期时，我正读到小学五年级。家庭出身很好的老师们闻风而动，一夜之间就成立了红卫兵组织，第二天用红布缝了袖标，袖标上用硬纸板镂上了毛体的黄漆字，第三天制造了红布的大旗，旗上也用黄漆描上了毛体的大字。紧接着老师们让家庭出身不是地富反坏右的学生们每人回家要了8毛钱，收了钱后就发给了我们每人一个红袖标。几天工夫满学校都是大大小小的红卫兵了。当我们这些穷孩子把红袖标套到破衣袖上时，那种得意和光荣的感觉真是难以言表。我戴着红袖标走到大街上，见到行人，就故意地将胳膊抬起来，如果行人对我的胳膊注目，我感到荣耀得了不得，有很多类似于趾高气扬、得意忘形的愚蠢表现。如果街上没有行人只有一条狗，我就把红袖标炫耀给狗看，狗见了红色，兴奋得不得了，追着我的屁股咬。记得我第一次戴着红袖标回家，我爷爷问我："孙子，你们是闹'长毛'吧？"我感到爷爷的话有点反动，就赶紧去学校向老师汇报，想当个大义灭亲的典型，老师皱着眉头想了一会儿，说："你爷爷说得基本正确，'长毛'造反，我们也是造反，回去告诉你爷爷，'长毛'是封建地主阶级对革命群众的污蔑性称呼，应该叫太平天国。"

红卫兵在村子里稀罕了也就是十来天，因为十来天后，村子里的贫下中农们也都成了红卫兵。我姐姐她们的红袖标是用红绸子缝的，3个毛体大字是用黄丝线手工绣上去的，比我们学生的袖标高级许多倍，价钱却只有5毛钱，这样我们才知道那些红卫兵老师贪污了我们的钱，家长们戴着袖标到学校找老师们理论，老师们蛮不讲理，硬说发给学生的袖标是从北京的红卫兵总部批发来的，是经过了中央文革检验的，价格自然要贵，接着老师们就嘲笑家长们戴的袖标是假冒伪劣产品，是杂牌军，把家长们唬得目瞪口呆。我们知道老师们是睁着眼说谎话，我们也就知道了闹红卫兵的事并不神圣，那几个成了红卫兵头头的老师每天晚上都在办公室里用火炉子炒花生吃，吃得满校园都是扑鼻的香气，他们买花生的钱就是从我们买袖标的钱里克扣出来的。他们贪污点小钱吃点喝点也就算了，学生给老师进点贡也是理所当然的事，但他们不但在办公室里吃花生，他们还在办公室里耍流氓，这是我和同学张立新亲眼见到的。

那时候我们学校的校长已经被打倒，他老婆也被打倒，两口子被关在一间小厢房里，老师让我们轮流值班，趴在小厢房窗外监听。寒冬腊月，滴水成冰，我们趴在窗外，冻得半死不活，满心里盼望着校长和他老婆能说点反动话，我们好去汇报立功，但是校长两口子一声不吭，弄得我们失望极了。我们感到无趣，就嗅着花生的香气，摸到了老师办公室窗外，从窗户纸的破洞里看到，担任着学校红卫兵头头的老师，正往代课老师郑红英的裤腰里塞花生，郑红英咯咯地笑个不停。这比校长两口子一声不吭还让我们失望，岂止是失望，简直就是绝望，我们的革命热情受到了很大的伤害。第二天我们就把办公室里发生的事情对村子里的人说了，张立新还用粉笔在大队部的白粉墙上画了一幅图画，画面比我们见到的情景还要流氓，吸引了许多人围观。这下子我和张立新算是把老师得罪到骨髓里去了。一年后，村子里成立了一所农业联合中学，我们的同学除了地富反坏右的子弟之外，都成了联中的学生，张立新虽然也得罪了当上了管理学校的贫农代表的郑红英，但他家是烈属，郑红英不敢不让他上联中，我家成分是中农，原本就是团结对象，郑红英一歪小嘴就把我上中学的权利剥夺了。我姐姐自以为与郑红英关系不错，去找她说情，希望她能开恩让我进联中念书，郑红英却说："上边有指示，从今之后，地富反坏右的孩子一律不准读书，中农的孩子最多只许读到小学，要不无产阶级的江山就会改变颜色。"就这样，我辍学成了一个人民公社的小社员。

新成立的联合中学只有两排瓦房，每排4间。前面4间是办公室和老师的宿舍，后边4间是两个教室。教室紧靠着大街，离我家只有50米，我每天牵着牛、背着草筐从田野里回来或者从家里去田野，都要从教室的窗外经过，教室的玻璃很快就让学生们砸得一块也不剩，喧闹之声毫无遮拦地传到大街上，传到田野里。每当我从教室窗外经过时，心里就浮起一种难言的滋味，我感到自卑，感到比那些在教室里瞎胡闹的孩子矮了半截。我好多次在梦里进入了那4间教室，成了一个农业中学的学生。我渴望上学的心情我父亲也许知道，也许不知道，我只能把自己的渴望深藏在心底，生怕一流露出来就会遭到父亲的痛骂，因为我得罪了郑红英，不但断送了我自己的前程，也给父亲带来了很多麻烦。姐姐知道我心里想什么，她宽慰我说："这个联合中学，上不上都一样，老师也不教，教了学生也不学，天天在那里打闹，还不如自己在家里自学呢！"话是这样说，但我心中的痛苦一点也没减轻。

我上小学时，成绩一直很好，作文尤其好。三年级时我写了一篇《抗旱速写》，曾经被公社中学的老师拿去给中学生朗诵，如果不是"文化大革命"，我考上中学应该不成问题，"文化大革命"粉碎了我的中学梦。当时的农村，吃不饱穿不暖，在那样的艰苦条件下，要想自学成材，几乎是痴人说梦。但我还是在夜晚的油灯下和下雨天不能出工的时候，读了一些闲书。1973年，托我叔叔的面子，我进了县棉花加工厂当了合同工。进厂登记时，我虚荣地谎报了学历，说自己是初中一年级。但很快就有一个曾经在我们村的联中上过学的邻村小伙子揭穿了我，弄得我见了人抬不起头来。后来听说厂里的合同工大部分都往高里填学历，有的人明明是文盲，硬填上高中毕业，我把自己的学历填成初一，其实是很谦虚的。因为我叔叔在这家工厂当主管会计，所以就安排我当了司磅员，与笔和算盘打交道，在不知底细的人心目中，我也算个小知识分子了。当时工厂里经常组织批林批孔的会，厂里管这事的人以为我有文化，就让我重点发言，我就把报纸上现成的稿子抄到纸上，上去慷慨激昂地念一通，竟然唬住了不少人。厂子里曾经莫名其妙地掀起过一个学文化运动，让我讲语文，我没有办法，就去书店买了一本关于写作的小册子，上去胡说一通，一课下来，竟然有人说我讲得好，还有人以为我在中学教过书。

1976年，我终于当了兵，填表时，我大着胆子，把学历填成了初中二年级。到了部队后，发现很多"高中毕业"的战友连封家信都不能写，于是，在填写入团志愿书时，我就把自己的学历提升到了高中一年级。以后的所有表格，都是这样填了。虽然再也没人揭穿我，但我的心里始终七上八下，每逢首长或是战友问到我的学历时，我的心就嘭嘭乱跳，然后含含糊糊地说："高一……"直到我从解放军艺术学院文学系毕业，得了大专学历，才解决了这个尴尬问题。

14

从照相说起

　　我20岁之前唯一的一次照相，时间大约在1962年春天，照片上的我上穿破棉袄，下穿单裤，头顶上似乎还戴着一顶帽子。棉袄上的扣子缺了两个，胸前闪闪发光的，是积累了一冬天的鼻涕和污垢。裤腿一长一短，不是裤子的问题，是不能熟练地扎腰所致。照片上，我旁边那个看起来蛮精神的女孩，是我叔叔的女儿，比我早4个月出生。她已于十几年前离开人世，似乎也没有什么大病，肚子痛，用小车往医院推，走到半道上，脖子一歪就老了。照相的事，尽管过去了将近40年，但当时的情景还历历在目。那时我正读小学二年级，课间休息时，就听到有同学喊叫：照相的来了！大家就一窝蜂地蹿出教室，看到教室的山墙上挂着一块绘着风景的布，布前支起了一架照相机，机器上蒙着一块红表黑里的布。那个从县里下来的照相师傅，穿着一身蓝衣裳，下巴青白，眼睛乌黑，面孔严肃，抽着烟卷，站在机器旁，冷漠地等待着。先是那个教我们唱歌的年轻女老师手里攥着一卷白纸照了一张，然后是校长的老婆与校长的女儿合照了一张。照相时，师傅将脑袋钻到布罩里，从里边发出许多瓮声瓮气的神秘指令，然后他就高高地举起一只手，手里攥着一个红色的橡胶球儿，高呼一声：往这里看，别眨眼，笑一笑！好！橡胶球儿咕唧一声，照相完毕。真是神奇极了，真是好看极了！我们围绕着照相师傅，都看迷了。在无人照相的空间，与我们同样围着看热闹的老师们，相互撺掇着，张老师让李老师照，李老师让王老师照，都想照，看样子也是怕花钱。这时我堂姐走到照相师傅面前，从口袋里摸出3角钱，说：我要照相。围观的学生和老师都感到很惊讶。照相师傅问：小同学，你家大人知道吗？堂姐说：俺婶婶（她称呼我的母亲为"娘"，称呼自己的母亲却叫"婶婶"）让我来照的。马上有人在旁边说：她父亲在供销社工作，每月一次发工资呢！于是大家都长出了一口气。那天我堂姐穿得很板正，可以从照片上看出来。别忘了那是1961年，绝大多数农村孩子都穿不上一件囫囵衣裳，能穿得像我堂姐那样的很少。我堂姐是个非常干净整洁的女孩，同样的新衣裳，我穿上两天就没了模样，但她穿一个月也不脏。

我堂姐昂着神气的小头，端端正正地站在照相机前，等待着照相师傅发号施令。这时，好像是有人从后边推了一把似的，我一个箭步蹿到照相机前，与堂姐站在一起。照相师傅的头从黑红布里钻出来，说：怎么了？怎么了？老师和同学们都呆呆地看着我，没人说话。我骄傲地对照相师傅说：我们是一家的！照相师傅大概不相信这样一个小怪物跟这样一个小姑娘会是一家的，就转回头去看老师。我的班主任老师说：没错，他们是一家的。我堂姐也没提出反对，这件事至今让我感动。照相师傅的头在黑红布里说：往前看，笑一笑，好！他的手捏了一下橡胶球儿，说：好了！

过了好久，我把照相的事忘得干干净净时，一个晚上，我们全家围着一张桌子，吸溜吸溜地喝着菜汤，就听到大门外边有人在喊叫我的大号：管谟业！管谟业！家里人都看着我，他们听到有人喊我的大号，肯定都觉得怪怪的。我扔下饭碗跑出去，一看，原来是我的班主任老师。她将一个白纸包递给我，说：你们的照片出来了。我拿着照片跑回家，竟然忘了请老师到家里坐坐，也忘记了说声谢谢。就在饭桌上把纸包剥开，显出了3张照片和1张底版。照片在众人的手里传递着。母亲叹息一声，说：看你这副邋遢样子，照的什么相？把你姐姐都带赖丑了。

那时我们还没有分家，是村子里最大的家庭。全家13口人，上有老下有小，最苦的就是母亲。我因为长得丑，饭量大，干活又不麻利，爷爷奶奶也不喜欢我，为此母亲经常叹息。今天反省起来，他们不喜欢我，固然有他们的原因，但主要的还是我自己不赚人喜。我又丑又懒又馋，还经常出去干点坏事，给家里带来不少麻烦，这样的坏孩子，怎么讨人喜？

我爷爷是个很保守的人，对人民公社心怀抵触。我父亲却非常积极，带头入社，吃苦耐劳，虽然是中农，比贫农还积极。父亲一积极，爷爷就生气。爷爷没在人民公社干一天活。他是村子里有名的庄稼汉，心灵手巧，力大无比，如果死心塌地地到社里去干活，必然会得到嘉奖，但他发誓不到社里去干活，干部上门来动员，软硬兼施，他软硬不吃，有点顽固不化的意思。他扬言人民公社是兔子尾巴长不了。吓得我父亲恨不得给他下跪，求他老人家不要乱说。中苏友好时，我爷爷说不是个正经好法，就像村子里那些酒肉朋友似的，好成个什么样子，就会坏成个什么样子。爷爷的这两个预言后来都应了验，我们不得不佩服他的先见之明。爷爷不到生产队干活，但他也不闲着。我们那里荒地很多，爷爷去开荒种地。他开出的荒地粮食亩产比生产队里的熟地都高。但这种事在当时是大逆不道的，人民公社没收了爷爷的地，还要拉他去游街，我叔叔在公社里找人说了情才免了这一难。不许开荒，爷爷就自己制造了一辆木轮小车，推着去割草。割草晒干，卖给马场，换回一些地瓜干，帮家里度过荒年。爷爷其实是个很有生活情趣的人，他会结网，会捕鸟，会拿鱼，还会耍枪打野兔。他心情好时，是个很好的老头，心情不好时，那张脸就像生铁铸的，谁见了谁怕。

还是说说我母亲吧，她老人家去世已经5年，我好多次想写篇文章纪念她，但拿起笔来就感到千头万绪，不知该从哪里写起。母亲这辈子承受了太多的苦难，想起来就让我心中难过。母亲生于1922年，4岁时外祖母去世，她跟着一个姑姑长大成人。母亲的姑姑——我们的姑姥姥，是个铁金刚一样的小老太婆，非常的能干，非常的好强，虽是小脚，但走起路来风快，男人能干的活她都能干。母亲在她的姑姑的调教下，4岁时就开始裹脚，受的苦无法言说，但最终裹出了一双精巧的小脚，母亲还是很感谢她的姑姑。母亲16岁时嫁到我家，从此就开始了漫漫的苦难历程。精神上受到的封建压迫就不必说了，许多深重的痛苦，因为觉悟不到，也就算不上痛苦。就说说母亲生过的病吧，嗨，从我有记忆力开始，就看到母亲被这样那样的疾病折磨着。先是"心口痛"，每年春天都犯，犯了就痛好多天，去卫生所买两片止痛片吃上，不管用，想请医生来看但是没有钱，只好干靠着，去寻一些不花钱的偏方来治。姐姐带着我到刚生过小孩子的人家去捡鸡蛋皮，捡回来用锅烘焦，再用蒜臼子捣碎，然后让母亲冲着喝。还有一个偏方是摊一个鸡蛋饼，里边包上4两生姜，一次吃下去。我记得母亲吃了那个生姜鸡蛋饼后，痛得在炕上打滚儿，汗水把衣裳和头发都湿透了。那时以为凡是肚子痛就是凉，生姜大热，能治，不知道母亲患的是严重的胃溃疡出血，吃上4两生姜，无疑是火上浇油。母亲心疼的是那个鸡蛋，那是她的姑姑偷偷地送来的。到了夏天，就头痛，脸赤红，干活回来，忙完了饭，别人吃饭，她就跑到外边去呕吐，翻肠绞胃地吐，我和姐姐站在旁边，姐姐哭着给她捶背，我也哭。秋天还要犯"心口痛"，好不容易熬过去，到了冬天，哮喘又来了，说是得了痨病，痨病方，一大筐，不是鸡蛋就是香油，我们到哪里去弄？只能用一些成本不高的偏方治。用尿罐里的碱煮萝卜吃，用柳树枝烧水喝，怎么可能管用？还有妇女病，脱肛，据说治脱肛最好的方子是用猪的大肠装了大米炖着吃，吃不起，那时候我们连大米是什么样子都没见过。母亲自己发明了一个偏方，晚饭后，找一块半头砖，放到灶火里烧着，刷完了锅碗，干完了活，将热砖掏出来，垫到屁股下坐着，自己说很舒服。后来又生过一个碗口大的毒疮，在腰上，一直挺着干活，实在不行了才躺倒，痛疼难忍，咬紧牙关不呻吟，生怕让公婆妯娌听到心烦，瘦得只剩下一把骨头，我跟姐姐在她身边哭，她叫着我的乳名，说：我不行了，你们姐弟怎么活呀？幸亏县里的医疗队下来巡诊，义务看病，不要钱。记得是个中午，来了一群医生，都穿着白大褂，脖子上挂着听诊器，还拿着刀子剪子什么的，说是给母亲动手术，不让我们进去看。听到母亲在屋里哭叫，肯定是痛得受不了了才哭叫。一会儿工夫，一个医生端出来一大盆脓血，一会又端出一盆。母亲渐渐地好起来，能扶着墙下地了，又开始了干活，十几个人的饭一人操持。那时的饭，一半是糠菜，要先把野菜放到石头上捶烂，将绿水攥出来，再掺上糠和那点珍贵的红薯面儿。做这样的饭劳动量很大，母亲累急了，就抓一把野菜塞进嘴里。

母亲病好之后，腰上落下了一个很大的疤，天要下雨就发痒，比县里的气象预报还准。后来还被毛驴伤过脚，还得过带状疱疹……母亲晚年，我们的条件有了好转，但她的病日渐沉重，终于不治。母亲这辈子，没享过一天福，吃过的苦是现在的人难以想象的。晚上要生孩子了，中午还在打麦场上干活，刚生完孩子，半夜三更，天降暴雨，麦子还在场上，扯一条毛巾包住头，就到场里帮着抢场，动作稍微慢一点，还要受到呵斥。至于吃的，几十年来，大家都吃不饱，她更吃不饱，上有老，下有小，好吃的根本就进不了她的口。有时候咽到嘴里也得吐出来给我吃。我是她最小的儿子，相貌奇丑不说，还有一个特大的饭量，分给自己那份，几口吞下去，然后就看着别人的饭碗哭，馋急了还从堂姐的碗里抢着吃。我一抢，堂姐也哭，这就乱了套了。最后必是母亲给姐姐赔不是，并且把她碗里那点省给我吃了。母亲的痨病其实是饿出来的，饿，还得给生产队里推磨，推磨的驴都饿死了，只好把女人当驴。20世纪60年代，我们一家没一个饿死的，全仗着我那位在供销社工作的叔叔。我婶婶脾气不太好，但我叔叔很好。他送给我一管博士牌钢笔，还给我买过鞋子。当我们的生活最困难的时候，叔叔从供销社里弄回来一麻袋棉籽饼，那玩意现在连猪都不吃，但在当时，连草根树皮都吃光了的时候，无疑是人间最美的食品，岂止是食品，简直就是救命的灵丹妙药。我们吃着棉籽渡过了最艰难的岁月。

1999年6月13日

❷ 补记

　　姊姊已经于2001年5月去世，这一代人实在是命运多舛，思之令人怆然。姊姊一辈子其实也没享到什么福，尤其是到了晚年，堂姐去世，撇下两个孤儿，实在是凄惶。然后又是小儿子胡闹，办什么旅游品加工厂，拉下一屁股债务，逼得她70多岁的人还要给人家去打短工。想起她和村子里的老人们冒着严寒去给人家摘辣椒，每天只挣2元钱，我心中就酸溜溜的。如果不是遭遇这些事情，她活过80岁是没有问题的。

　　为了偿还堂弟做下的债务和堂姐撇下的两个孤儿，我们拿出来一些钱，为此，姊姊见到我们时那种恨不得把心扒出来给我们吃了的情形，让我心中实在难过。多年前的芥蒂，早已荡然无存。上边的文章，我写到的其实是当时农村的家庭状况，并无特别的褒贬之意。妯娌之间，打得头破血流者比比皆是，我母亲和姊姊的关系还是好的。我母亲去世之后，三日圆坟，姊姊教我们弟兄3个每人左手抓着一把谷子，右手抓着一把高粱，围着母亲的新坟转圈走，左转3圈，右转3圈，一边转一边默念：

　　"一把高粱一把谷，打发先人去享福……"

　　如今，姊姊和母亲都去那边享福了吧！

15

茂腔与戏迷

　　茂腔是一个不登大雅之堂的小剧种，流传的范围局限在我的故乡高密一带。它唱腔简单，无论是男腔女腔，听起来都是哭悲悲的调子。公道地说，茂腔实在是不好听。但就是这样一个不好听的剧种，曾经让我们高密人废寝忘食，魂绕梦牵，个中的道理，比较难以说清。比如说我，离开故乡快30年了，在京都繁华之地，各种堂皇的大戏已经把我的耳朵养贵了，但有一次回故乡，一出火车站，就听到一家小饭店里传出了茂腔那缓慢凄切的调子，我的心中顿时百感交集，眼泪盈满了眼眶。茂腔这个不太好听的小戏为什么能迷住人？这个问题放下暂且不表，各位看官，我今天就给诸位讲两个关于茂腔的故事。

我们村的人几乎都爱听戏，但喜欢到入迷程度的，大概只有三五家，孙驴头算一家。孙驴头的老婆、儿子都是戏迷，娶来家一个儿媳妇更是一个超级戏迷，这叫做"不是一家人，不进一家门"。有一天傍晚，孙驴头在灶前烧火，儿媳妇站在锅前和面，准备往锅沿上贴饼子。这时，忽听到旷野里传来一阵胡琴声，拉的是茂腔的过门。公公和媳妇都把耳朵竖了起来。媳妇说："爹，您听。"

孙驴头说："听到了，今晚谭家村有戏。"

媳妇说："爹，加大火，吃了饭好去听戏。"

孙驴头捏起儿媳妇的脚就要往灶里填，儿媳妇怒道："爹，老不出息，您想干什么？"

孙驴头看看儿媳妇穿着红绣鞋的小脚，不好意思说，只好和着旷野里传来的胡琴调门唱道："叫声儿媳莫错怪，误把金莲当火炭儿——"

锅热了，儿媳挖起一团面，放在手里颠吧颠吧，吧唧一下子就贴到了孙驴头的额头上。孙驴头大叫道："媳妇，你干什么？"

儿媳妇看看公公的狼狈相，和着胡琴的腔调唱道："叫一声公爹莫错怪，误把额头当锅沿儿——"

这个故事过分夸饰，属于民间笑话一类，其真实性值得怀疑。下面讲一个真实的故事。

"文革"后期，我们村来了一支工作队，队员二十多人，全是县茂腔剧团的演员。我们村情况比较复杂，在县里都挂了号，工作队下来，是要帮我们揭开阶级斗争的盖子。自从工作队进村之后，村子里欢天喜地，好像过年一样。因为这些队里，几乎包括了县茂腔剧团的全部名角。譬如青衣宋丽花，花旦邓桂秀，老旦焦闺英，老生高人滋，小生薛尔名，武生张金龙……都是如雷贯耳的人物，平日里可望而不可即，如今就在我们眼前，与我们同吃同住同劳动，我们的幸福和兴奋，无法子用语言形容。工作队自己不开伙，吃派饭，一般是3人一个小组，挨家轮户地吃。那时生活十分困难，每人每年只分200多斤粮食，麦子只有20来斤，也就是够过年包饺子的。但为了让工作队的同志们吃好，家家户户都把过年的麦子拿出来磨了。这是完全彻底地自发自愿，甚至带有比赛的色彩，家家都想做出新花样来，让工作队的同志们吃得高兴。原以为这支工作队与过去那些工作队一样，顶多住十天半月就会撤走，但没想到他们住了一个月还不走。家家那点白面已经消耗的差不多了，想给同志们换成糙饭，一是面子上过不去，二是心里舍不得。因为那些做饭的女人们不管是不是戏迷，都喜欢这些演员。我们生产队会计的老婆是一个麻子，相貌差点，但心肠特热，见到那些演员同志们，尤其是见到男演员同志们，她的眼睛里水汪汪的，感情充沛得要命。为了在没有白面的情况下让同志们吃饱吃好，她充分地发挥了粗粮细做的天才，把家里的绿豆、豇豆泡涨轧碎，掺上蔬菜，用棉籽油炸成焦黄的颜色，让同志们吃。同志们吃了都赞不绝口。这种做法很快普及开来，每到做饭的时候，村子里就洋溢着炸丸子的气味。——几十年过去了，这种食品还在我们村子里流传，并且有了一个美丽的名字：茂腔丸子。

给工作队做饭的家庭，必须是贫下中农，表现好的中农也可以。这是一种政治待遇，也是一种荣耀。那些捞不到给工作队做饭的五类分子家的女人们，心中的痛苦是十分深沉的。富农王金的女儿王美，人物标致，嗓子也好，是村子里唱戏时的主角。自从工作队一进村，她的眼睛里就始终饱含着泪水。她将自己家里的麦子磨成面粉送到麻子家，让她做了给同志们吃，麻子不领情，还向大队里揭发了她，说她想拉拢腐蚀革命干部。村里想游她的街，但遭到了工作队的反对。她送面不成，就把面粉做成火烧、大饼等精美食品，偷偷地送到工作队同志们的窗前。她曾经对麻子女人说：姊啊姊，我恨不得把心扒出来给同志们吃了。麻子女人当然不会替她保密，很快就宣传得全村皆知，工作队的同志们当然也听说了。那个小武生张金龙感慨地说：她如果不是富农的女儿该有多好！

小武生短小精悍，目光炯炯有神，走起路来脚下像踩着弹簧。他不但能翻空心筋斗，嗓子也不错，村子里的女人们都喜欢他。尽管他感叹王美的出身不好，但他还是跟王美好了，就在打谷场边的草垛里，被人当场捉了双。小武生立场不稳，中了糖衣炮弹，犯了路线错误，被提前打发回去了。有人提议将王美判刑，报到县里，县里说交给村子里批斗。挨批斗时，王美始终面带笑容，看那样子丝毫没有悔意。她的态度激起了以麻子为首的女人们的反感，她们扑上去，一边撕咬一边骂：撕了你这个浪货！咬死你这个骚狐狸！

第二年夏天，村子里的女人们在一个月内生了十几个孩子——麻子最能干，一胎生了两个。这些孩子长大后，有的像薛，有的像高，其中有8个都像小武生。他们目光炯炯，走起路来脚步轻捷，脚下仿佛踩着弹簧，天然地会翻空心筋斗。

16

我的大学

上大学的梦想，从20世纪60年代初期我的大哥考入华东师范大学时就开始萌发了。当时，在我们乡下，别说是大学生本人，就是大学生的家人，也受到格外的尊敬，当然也不乏嫉恨。我在自家的院子里，常常听到胡同里有人议论："别看这家房子破，可是出过大学生的！"偶尔还听到有人压低了嗓门议论："这家是老中农，竟然出了一个大学生！"有一年寒假，大哥回家探亲，趁他睡着时，我把他的校徽偷偷地摘下来，戴在自己胸前，跑到街上，向小伙伴们炫耀。小伙伴们讽刺我："是你哥上大学，又不是你上，烧包什么？"那时我就暗下决心，长大了一定要考上大学，做一个大学生。但随着阶级斗争的呼声越来越高，唯出身论搞得越来越凶，我的大学梦也越来越渺茫。到了"文化大革命"爆发，大学停止了招生，我的大学梦就彻底地破灭了。不但大学梦破灭，连上中学的权利也因为家庭出身中农而被剥夺了。按照当时的政策，中农的孩子是可以念中学的，国家要剥夺的是地、富、反、坏、右的后代受教育的权利，但实际上并不是这样，中农的孩子基本上也都被赶出了校门。制定这套教育政策的人用心十分良苦，他们知道，剥夺阶级敌人的后代受教育的权利，是巩固红色江山的一个最有力的措施，一群文盲，即便造反，也难成大事。

"文革"后期，大学开始招收工农兵学员，按照政策来说，农村青年，家庭出身只要不是地、富、反、坏、右，具备了中学的同等学力，劳动积极，都可以接受贫下中农的推荐，免试进入大学。但实际上根本不是这样。那时大学招收的学生少，每年的招生名额，到不了村这一级就被瓜分光了，所谓的贫下中农推荐其实是一句美丽的谎言。后来出了个张铁生，靠着一封信上了大学。现在提起他来，人们大都嗤之以鼻，但在当时，我却十分崇拜他。张铁生的成功唤醒了我的大学梦，使我在绝望中看到了一线希望。虽然我没有读过中学，但在家看过我大哥留下的全部中学课本，尽管数理化不行，但语文的实际水平比那些读过中学的贫下中农子弟要高许多。于是我就给当时任教育部长的周荣鑫写信，向他表示我想上大学的强烈愿望。信发出去不久的一个傍晚，我劳动回来，坐在灶前帮母亲烧火做饭，看到父亲像喝醉了似地摇摇晃晃地走进家门。他的手里，攥着一封信。我本能地感到这封信与我有关。父亲站在灶前，浑身打着哆嗦。他注视着我，脸在灶火的映照下放着红光。他对我说："你想什么呢？"然后他就把手里的信给了我。那是一个棕色的牛皮纸公用信封，已经被撕开，我从里边抽出一张印有红字抬头的公用信笺，借着灶火，看到信笺上用圆珠笔写了几行歪歪扭扭的字。大意是信已收到，想上大学的愿望是好的，希望在农村安心劳动，好好表现，等待贫下中农的推荐。我虽然知道这是官腔套话，但还是受到了很大的感动，这毕竟是国家教育部的复信，我一个农村孩子，能折腾得国家教育部回信，已经创造了奇迹。我听到父亲和母亲低声说了一夜的话，知道他们的心情很复杂。接下来的半年里，我给省、地、县、公社的招生领导小组写了许多信，向他们诉说我的大学梦想，但再也没有回声。村子里的人知道了我在做大学梦，都用异样的眼神看我，好像看一个神经有毛病的人。生产队里的贫农代表当着许多人的面对我说："你这样的能上了大学，连圈里的猪也能上！"他的话虽然难听，但在当时的情况下，确是到了家的实话，其实，即便队里的猪上了大学，我也上不了。

当时的农村青年，要想脱离农村，除了上大学之外，还有一条路就是去当兵。当兵时如果好好表现，就可能被推荐上大学，也有可能被直接提拔成军官。这是一条金光大道，但对一个中农的儿子来说，当兵在某种意义上比被推荐上大学还要难。从17岁那年开始，我每年都报名应征，但到了中途就被刷了下来。不是身体不合格，是家庭出身不合格。家庭出身在理论上也合格，但既然有那么多的贫下中农子弟都想当兵，怎么可能让一个老中农的儿子去呢？正所谓天无绝人之路，机会终于来了。1976年征兵时节，村子里的干部和几乎所有的社员都到昌邑县挖胶莱河，适龄青年在工地上参加体检。我那时在棉花加工厂当临时工，没去挖河，在公社驻地与社直机关的青年一起参加了体检。正好公社武装部长的儿子也在棉花加工厂当临时工，我知道他父亲手中的权力对我多么重要，平时就注意团结他，征兵开始，我就给他父亲写了一封信，让他送了去。再加上许多好人帮忙，我就这样混进了革命队伍。

到了队伍里第二年，高考恢复，我们的领导以为我是高中毕业生，就给了我一次复习功课准备来年参加高考的机会。报考的学校是解放军的工程技术学院，专业是计算机终端维修。领导把这个决定告诉我时，我真是百感交集，连续三天吃不下饭。我知道自己肚子里没有墨水，除了能写作文外，数理化几乎是一窍不通。二分之一加三分之二我以为等于五分之三，而距离高考只有半年的时间，怎么办？考还是不考？最后还是决定考，让家里把大哥的那些书全部寄来，开始了艰难的自学。学到来年6月，总算入了点门，感到考试不至于得零分时，领导告诉我，考试的名额没有了。这又是一个让我感到悲喜交加的消息，悲的是半年的苦熬白费了，喜的是不必为考不中出丑。后来，我知道，那年参加考试的人，多半是一些军干子弟，他们的水平比我高不了多少，但还是照顾入了学，如果我参加了那次考试，没准也能被录取，如果被录取，我就很可能成为了一个无线电技师，而不会成为一个写小说的。

就在我的大学梦彻底破灭了时，大学却突然对我敞开了大门。那时我已经参加了党政干部基础科的学习，半年内很轻松地通过了4门，再有1年就可以得到大专文凭，这时，解放军艺术学院文学系恢复招生的消息传到了我的耳朵。我带着已经发表的几篇作品跑到军艺时，报名工作已经结束，我的恩师，时任文学系主任的徐怀中先生看了我的作品，兴奋地对当时在系里担任业务干事的刘毅然说："这个学生，即便文化考试不及格我们也要了。"参加文化考试时，政治和语文我很有把握，没有把握的是地理，但机缘凑巧，考试时，在我面前的墙上，挂着一张世界地图，还有一张中国地图，有一道题是让回答围绕着我国边境的国家，我准确无误地答了这道题，还有一道关于等高线的题我凭着直觉也答对了，这样，我就以作品最高分、文化考试第二名的优秀成绩进入了解放军艺术学院文学系，成了一名年近三十的大专生。

那一届进入军艺文学系学习的学生，有几位已经大名鼎鼎，最有名的如济南军区的李存葆、李荃，沈阳军区的宋学武，南京军区的钱刚，都得过国家级的文学奖，其余的同学也都发表过很多作品。当时我们是白天听课，晚上写作。4个人住一间宿舍。为了互不干扰，许多宿舍里都拉起了帷幔，进去后能使人迷路。我们宿舍里的人懒，还保持着一览无遗的朴素面貌。那时天比现在冷，暖气不热，房间里可以结冰。写到半夜，饿了，就用"热得快"烧水煮方便面吃。听说方便面要涨价，一次买回80包。深夜2点了，文学系里还是灯火通明。有人就敲着铁碗在楼道里喊："收工了收工了！"有人把我们宿舍叫做"造币车间"，我是头号"造币机"。我们系是干部专修班，没有几个老师，大部分的课要外请老师来讲。北大的老师、社科院的老师，凡是跟文学沾边的，几乎被我们请了一个遍，还请来了许多社会名流。这样的方式，虽然不系统，但信息量很大，狂轰滥炸、八面来风，对迅速地改变我们头脑里固有的文学观念发挥了很好的作用。请来的老师大多数都有真才实学，也有个别的妖蛾子。譬如我们的一个女同学就把一个据说对存在主义深有研究的人请来。这人留着披肩长发，据说是男性。这伙计一进教室就蹦到讲台上坐着，开始讲存在主义。他讲了半天也没讲明白什么是存在主义，讲到后半截身体就在讲台上扭来扭去。我知道这伙计累了，坐在讲台上，毕竟不如坐在椅子上舒服，但要从桌子上跳下来又很丢面子。我们还请来过一个据说对气功有研究的人，这人说他只要发起气功来，能在钢琴上即兴弹奏出天国的音乐。他果然就弹了一曲，但我们的一个对音乐有研究的同学说，他弹的是一首最初级的钢琴练习曲。

从军艺毕业后，过了两年，我又混进北京师范大学和鲁迅文学院合办的作家研究生班，当时是想去学点英语，学点理论，争取做一个"学者"型的作家，但到了那里之后，才发现学英语和学理论都不容易，正好赶上了学生运动，就心安理得地不去上课了。现在想起来，当然又很后悔，尤其是出了国门，看到那些美丽的小洋妞唧唧咕咕地讲话而我一句也听不明白时。

现在，我有正儿八经的硕士学位证书，填表时也无耻地填上研究生学历，但我自己心里清楚，其实我并没有真正地上过大学。真正地上大学，就应该像我的大哥那样，从小学到中学，一步步地考上去。我虽然拥有国家承认的研究生学历，毕竟还是野狐禅。

17

我
与
酒

　　30多年前，我父亲很慷慨地用10斤红薯干换回两斤散装的白酒，准备招待一位即将前来为我爷爷治病的贵客。父亲说那贵客是性情中人，虽医术高明，但并不专门行医。据说他能用双手同时写字——一手写梅花篆字，一手写蝌蚪文——极善饮，且通剑术。酒后每每高歌，歌声苍凉，声震屋瓦。歌后喜舞剑，最妙的是月下舞，只见一片银光闪烁，全不见人在哪里。这位侠客式的人物，好像是我爷爷的姥姥家族里的人，不唯我们这一辈的人没有见过，连父亲他们那一辈也没见过。爷爷生了膀胱结石——当时以为尿了蚂蚁窝——求神拜佛，什么法子都用过了，依然不见好转。痛起来时他用脑袋撞得墙壁嘭嘭响，让我们感到惊心动魄。爷爷的哥哥——我们的大爷爷——是乡间的医生，看了他弟弟这病状，高声说：

"没有别的法子，只好去请'大咬人'了，轻易请不动他，但我们是老亲，也许能请来。"大爷爷说这位"大咬人"喜好兵器，动员爷爷把分家分到他名下的那柄极其锋利的单刀拿出来，作为进见礼。爷爷无奈，只好答应，让父亲从梁头上把那柄单刀取下来。父亲解开十几层油纸，露出一个看上去很粗糙的皮鞘。大爷爷抽出单刀，果然是寒光闪闪，冷气逼人。据说这刀是一个太平军将领遗下来的，是用人血喂足了的，永不生锈，是否能在匣中呼啸，我们不知道。大爷爷把单刀藏好，骑上骡子，背上干粮，搬那"大咬人"去了。"大咬人"自然就是那文能双手书法、武能月下舞剑的奇侠。父亲把酒放在窗台上，等着"大咬人"的到来。我们弟兄们，更是盼星星盼月亮一样盼着他。

盼了好久，也没盼到奇人，连大爷爷也一去无了踪影。爷爷的病日渐沉重，无奈，只好用小车推到人民医院，开了一刀，取出了一块核桃大的结石，活了一条命。等爷爷身体恢复到能下河捕鱼时，大爷爷才归来。骡子没有了，据说是被强人抢去了。身上的衣服千丝万缕，像是在铁丝网里钻了几百个来回。那柄单刀竟奇迹般地没丢，但刀刃上崩了很多缺口，据说是与强人们格斗时留下的痕迹。奇侠"大咬人"自然也没有请到。我们的这位大爷爷，自身也是个富有浪漫精神的游侠，传说他曾只身潜入日本人的军营，偷出一匹像大山一样巍峨的洋马。他本想用这匹洋马改良家乡的马种，但偷出来才发现是匹骗过的马。他还很会扶乩，扶出过"东风息，波澜起"这样费解的话语。他也是极善饮的，曾与好友在坟墓间做豪饮，一夜喝了12斤酒，大醉了三日方醒。

"大咬人"没来，爷爷的病也好了，那瓶白酒在窗台上显得很是寂寞。酒是用一个白色的瓶子盛着的，瓶口堵着橡胶塞子，严密得进不去空气。我经常地观察着那瓶中透明的液体，想象着那芳香的气味。有时还把瓶子提起来，一手攥着瓶颈，一手托着瓶底，发疯般地摇晃，然后猛地停下来，观赏那瓶中无数的纷纷摇摇的细小的珍珠般的泡沫。这样猛烈摇晃之后，似乎就有一缕酒香从瓶中溢发出来，令我馋涎欲滴。但我不敢偷喝，因为爷爷和父亲都没舍得喝，如果他们一时发现少酒，必将用严酷的家法对我实行毫不留情的制裁。

终于有一天，当我看了《水浒传》中那好汉武松一连喝了十八碗"透瓶香"、手持哨棒、踉踉跄跄闯上景阳冈与吊睛白额大虫打架的章节后，一股豪情油然而生。正好家中无人，我便用牙咬开那瓶塞子，抱起瓶子，先是试试探探地抿了一小口——滋味确是美妙无比——然后又恶狠狠地喝了一大口——仿佛有一团绿色的火苗子在我的腹中燃烧，眼前的景物不安地晃动。我盖好酒瓶子，溜出家门，头重脚轻、腾云驾雾般地跑到河堤上。我嘀嘀怪叫着，心中的愉快无法形容，就那样嘀嘀地叫着在河堤上跑来跑去。抬头看天，看到了传说中的凤凰；低头看地，地上奔跑着麒麟；歪头看河，河里冒出了一片片荷花。荷花肥大如笸箩的叶片上，坐着一些戴着红肚兜兜的男孩。男孩的怀里，一律抱着条金翅赤尾的大鲤鱼……

从此，我一得机会便偷那瓶中的酒喝。为了防止被爷爷和父亲发现，每次偷喝罢，便从水缸里舀来凉水灌到瓶中。几个月后，那瓶中装的究竟是水还是酒，已经很难说清楚了。几十年后，说起那瓶酒的故事，我二哥嘿嘿地笑着坦白，偷那瓶酒喝的除了我以外还有他。当然他也是喝了酒回灌凉水。

我喝酒的生涯就这样偷偷摸摸地开始了。那时候真正的馋呀，村东头有人家喝酒，我在村西头就能闻到味道。有一次，竟将我一个当兽医的堂叔家的用来给猪打针消毒用的酒精偷着喝了，头晕眼花了好久，也不敢对家长说。长到十七八岁时，有一些赴喜宴的机会，母亲便有意识地派我去，是为了让我去饱餐一顿呢，还是痛饮一顿呢，母亲没有说，她只是让我去，其实我的二哥更有资格去，也许这就是天下爹娘偏向小儿的表现吧。有一次我喝醉了回来，躺在炕上。母亲正在炕的外边擀面条，我一歪头，吐了一面板。母亲没骂我，默默地把面板收拾了，又舀来一碗自家做的甜醋，看着我喝下去。我看到过许多妻子因为丈夫醉酒而大闹，由此知道男人醉酒是让女人极厌恶的事，但我几乎没看到过一次母亲因儿子醉酒而痛骂的。母亲是不是把醉酒看成是儿子的成人礼呢？后来当了兵，喝酒的机会多起来，但军令森严，总是浅尝辄止，不敢尽兴。我喝酒的高潮是写小说写出了一点名堂之后，时间是1986—1989年。这时，老百姓的生活水平有了很大的提高，官场上喝酒已经算不上腐败现象。每次我回故乡，都有赴不完的酒宴。每赴一次官宴，差不多都是被人扶回来的。这时，母亲忧虑地劝我不要喝醉。但我总是架不住别人的劝说，总感到别人劝自己喝酒是人家瞧得起自己，大有受宠若惊之感，不喝就像对不起朋友一样。而且，每每三杯酒下肚，便感到豪情万丈，忘了母亲的叮嘱和醉酒后的痛苦，"李白斗酒诗百篇"、"人生难得几次醉"等等壮语在耳边轰轰地回响，所以，一劝就干，不劝也干，一直干到丑态百出。

1988年秋天的一个晚上，我与县里的一班哥们喝酒，一口气喝了42杯白酒，外带十几扎啤酒。第二天上午去酒厂参观，又喝了刚烧出来还没勾兑的热酒半铁瓢。中午又陪着一个记者喝了十几杯。当天下午，人们把我送到县医院，又是打吊针，又是催吐，抢救了大半天。这次醉酒，使我的身体受到了很大的伤害，在以后的很长一段时间里，一闻到酒味就恶心。从此喝酒谨慎了，但几杯酒下肚后，往往故态复萌，但醉到入院抢救的程度再也没有过。小时候偷酒喝时，心心念念地盼望着：何时能痛痛快快地喝一次呢？但80年代中期以后，我对酒厌恶了。进入90年代，胃病大发作，再也不敢多喝。有一段时间，干脆不喝了，无论你是多么铁的哥们，无论你用什么样的花言巧语相劝，也不喝。这样尽管伤了真心敬我的朋友的心，也让想灌醉我看我洋相的人感到失望，我自己的自尊心也受到损伤，但性命毕竟比别的更重要。不喝酒就等于退出了酒场中心，冷眼观察，旁观者清，才发现了酒场上有那么多的名堂。饮酒有术，劝酒也有方。那些层出不穷的劝酒词儿，有时把你劝得产生一种即便明知杯中是耗子药也要仰脖灌下去的勇气。在酒桌上，几个人联手把某人灌醉了，于是皆大欢喜，俨然打了一个大胜仗。富有经验的酒场老手，并不一定有很大的酒量，但却能保持不醉的纪录，这就需要饮酒的技术，这所谓的技术其实就是捣鬼。有时你明明看到他把酒杯子干了个底朝天，其实他连一滴也没喝到肚里。酒场捣鬼术名堂繁多，非有专家研究不可。

我曾写过一部名叫《酒国》的长篇小说，试图清算一下酒的罪恶，唤醒醉乡中的人们，但这无疑是醉人做梦，隔靴搔痒。酒已经成为中国官场的润滑剂，如果不从根本上解决问题，大概也就真正成为酒国了吧？只有天知道！

我最近又开始饮酒，把它当成一种药，里边胡乱泡上一些中药，每日一小杯，慢慢地啜。我再也不想去官家的酒场上逞英雄了，也算是不惑之年后的可圈可点的进步吧。

18

狗的悼文

　　人与狗的关系由来已久。当人在洞穴里点着火堆御寒取暖、恐吓野兽时，狗也许还是围着火堆嚎叫着、伺机吃人的野牲口吧？等人进化到了半坡遗址所标志着的文明程度，狗就被驯化成了伏在火堆前、对围着火堆的野牲口狂吠的家牲口——由人的敌类变成了人的帮手了。仔细想起来，这不知道是狗的进化还是狗的退化？是狗的喜剧还是狗的悲剧？反正这种大概在山林里也没像虎豹熊狮那般威风过的野兽从此就堕落了呢还是文明了呢？——总归是也与人类一起，远离了山林，渐渐步入了庙堂。

　　古往今来，关于狗的故事，层出不穷，难以胜数。救主的狗、帮闲的狗、复仇的狗、看家护院的狗、帮助猎人驱赶野兽的狗、与它们的表兄弟——狼——搏斗的狗，还有野性复发重归了山林的狗，还有经过了多少次、多少代的选优提纯、弄得基本不像狗的哈巴狗、狮子狗、腊皮狗、蝴蝶狗、蜜蜂狗、贵妃狗、西施狗……这些成了小姐太太们宠物的狗身价高贵、名目繁多，贵到数十万元一只，多到可以编一本比砖头还要厚的狗学大辞典。这些狗东西有时的确很可爱，在我吃饱了的时候。我并不反对养狗，有时甚至还能夸几句那狗——为了讨狗主人的喜欢——这小宝贝，多么可爱呀！——但要让我自己养这样一条宠物狗，那是绝对不可能的。据说那些名狗们的膳食是由名厨料理的，某些世界名流的狗有专门的佣人侍候，还有奶妈——挑奶妈的标准比大地主刘文彩选奶妈还严格，刘文彩也不过是选那些年轻无病、奶水旺盛的即可，这些狗的奶妈们除了具备上述条件外，还必须面目清秀，气质高雅——这是一个名叫苟三枪的朋友告诉我的，不知真假，但这些狗东西难侍候之极确是真的。我们领导的太太养了一条蝴蝶狗，每周都要让公务员给它洗三次热水澡，用进口洗发香波，洗完了要用电吹风吹干，然后还要撒上几十滴法国香水。这条狗的待遇真让我羡慕，它过着多么幸福的生活啊！大如首都北京，能用进口香波每周洗上三次热水澡的人也不会超过一半，洗完了还能撒上几十滴法国香水的就更少，可见中国都市狗的生活水准大大超过了中国人民的生活水准，什么时候老百姓能过上都市狗的日子，那么中国就进入"大康"社会了，不是"中康"，更不是"小康"。这些话听起来好像有些阴阳怪气，似乎我在讥讽什么，其实绝无讥讽之意，实话好说实话难听罢了。

　　就像人分三六九等一样，狗也分成了诸多层次。前边说的高级宠物狗，自然是一等第一，第二等的大概要数公安边防们驯养的警犬了。这些狗外貌威武雄壮，看起来让人胆寒，实际是也是非常厉害。我曾采访过一个警犬训导员，知道了警犬的血统十分讲究，一头纯种名犬的价格能把人吓一个跟头。价格昂贵，训练更不易，从前有人说国民党的空军飞行员是用黄金堆起来的，我们的警犬则是用人民币堆起来。类似警犬立了军功、牺牲后隆重召开追悼大会的事在前苏联的文学作品中经常见到，中国大概也有这种事吧？

　　当年我看《林海雪原》，看到李勇奇的表弟姜青山那条名叫"赛虎"的猛犬竟能轻松地制服了两个荷枪实弹的土匪，我以为这是小说家的夸张，是为了衬托那位具有丰富山林经验、高超滑雪技能、枪法如神、行迹如侠客的姜青山的，现实生活中，一条狗，如何能制服两个人？何况还是两个荷枪实弹的土匪。后来又看了美国作家杰克·伦敦的《野性的呼唤》，那条名叫巴克的狗更是厉害，能在片刻之间咬死一群持枪的人，这就更难让我相信了。我认为地球上不存在这样的狗，巴克只能是个神话中的狗，与杨戬的哮天犬一样。

　　但现在我已经相信了作家们的描写，狗，的确是比人厉害。为什么我对于关于狗的认识发生了变化？因为：前天，我被我家那条饿得瘦骨伶仃的狗狠狠地咬了几口。隔着棉裤、毛裤、衬裤、两件毛衣，它的利齿，竟然使我的身上三处出血，一处青紫。假如是夏天，我想我已经丧命于狗牙之下，即使不死，肠子也要流出来了。狗实在是太可怕了。狗真要发了疯，人很难抵挡。这是我平生第一次遭狗咬，如同上了一堂深刻的阶级教育课似地触及灵魂，于是就写了这篇狗牙交错的文章。

听说我让狗咬了，父亲从乡下赶来看我。我说："一条小瘦狗，想不到这么厉害！"我父亲说："这条狗算不上厉害，日本鬼子那些狗才叫厉害呢！都是些纯种的大狼狗，牙是白的，眼是绿的，黑耳朵竖着，红舌头伸着，吃人肉吃得全身流油，个头巨大，像小牛犊似的，叫起来'哐哐哐'的……为什么当时中国出了那么多的汉奸和顺民？一半是让日本鬼子打的，一半是让大狼狗吓的！"我的天哪，原来如此！

农村人也养狗，"文革"期间口粮不足，农民家徒四壁，没什么可偷——关键还是口粮太少，所以，养狗的极少。——"文革"期间"忆苦思甜"，还把养狗少当做新社会比旧社会好的一个标志——这几年，口粮多了，家财也多了，于是养狗的也多了。这几年农村盗贼如毛，没有条狗还真不行。现在农村的狗我想很可能是历史上最多的时候，养这些狗决不是为欣赏，而是为了防盗贼。但由于都是些劣种的土杂狗，胆小而且弱智，小偷来了，它们也就是瞎汪汪几声而已，所以尽管养着狗，也防不了盗贼。何况现在的小偷们都是高智商，精通狗学，研究出了十几种对付狗的办法，据说最有效的一种是烧好一个萝卜，扔给狗，狗以为来了羊肉包子，张口一咬，便把牙烫掉，失去了呐喊与搏斗的能力，于是小偷就可以堂皇入室了。即使不扔热萝卜，扔一块肥肉进去，堵住了狗嘴，它们也就睁一只眼闭一只眼，成了小偷们的同谋。不过小偷们一般不舍得扔肥肉，要扔就扔热萝卜。农村狗一般都吃不太饱，熬得很苦，容易被收买也是情理中的事，都市的狗，食不厌精，脍不厌细，见了香酥鸡都不抬头，想收买它们就比较困难。

五年前，我妻子与女儿进县城居住，为了安全，也是为了添点动静热闹，我从朋友家要了一条刚出生不久的小狗，它的妈妈是条杂种狼犬，仅存一点狼的形象而已，决不是与狼交配而生。我把这小东西抱回来时，它可爱极了，一身茸茸毛，走路还跌跌撞撞的。它脑门子很高，看起来很有智慧。我女儿喜欢得不得了，竟然省出奶粉来喂它。我回了北京后，女儿来信说小狗渐渐长大，越来越不可爱了。它性情凶猛且口味高贵，把我妻子饲养的小油鸡吃掉不少，为了小鸡们的安全，只好在它的脖子上拴上了铁链，从此它就失去了自由。这条狗也是条苦命的狗，如果它不是被我抱走而是让一个干部或是农民企业家抱走，它保证可以长得像小牛一样大，但它不幸到了我家，刚开始还吃了几顿饱饭，后来就再也没吃饱过。它瘦得肋条根根突出，个头没长够就"蹲"住了。我们也没顾上给它盖个窝，一年四季，风霜雨雪，就让它露着天在墙根下蹲着。有几次整日暴雨，它在雨中疯狂地转着圈，追着自己的尾巴咬，眼珠子通红。我疑心这家伙疯了。后来转不动了，叫不动了，就缩成一团，浑身水淋淋的，像个老叫花子一样哼哼着，见到了我们，就发出哭一样的叫声，眼泪汪汪的，真是可怜极了。但肯定是不能把它放进屋子的：它满身泥水，腥气熏人，还有一身的跳蚤。我和妻子冒着雨给它搭了一个小棚子，但它竟然不懂得躲进去避雨。那个夜晚，在它的呻吟声里，我睡得很不安宁。它的生命力实在是顽强，太阳一出，抖搂掉身上的水，立刻又活蹦乱跳了。它的责任心强得有点可怕，在雨中，那般苦熬，但只要街上有点动静，它马上就忘记了自己的痛苦，拖着铁链子跳起来，狂叫不止，向主人示警。

它在我家吃了很多苦，我心中很是歉疚。翻盖房子时，特意为它盖了一间小屋，从此，它遭受风吹雨打的生活结束了。它更加尽职地为我们看护着家院，街上过车，它跳叫；街上过小学生，它也跳叫；邻居夫妻打架，它也跳叫；如果有人敲响了我家的门环，它一蹦能有三尺高；如果有人打开我家的门走进院子，它就忘了脖子上拴着铁链，发疯似地冲向前去，在半空中被铁链顿得连翻几个跟头跌下来；爬起来它继续往前冲，屡跌屡起，直到客人进了屋子它才停下来，吭吭地咳嗽，吐白沫，让铁链子勒的。

所有来过我家的人，都惊叹这条瘦狗的凶恶，都说从来没见过这般歇斯底里的狗，都说这条狗幸亏瘦弱，如果用肥肉喂胖了，那就不可想象有多么厉害了。我父亲却说："肥鹰不拿兔子，胖狗不看家。"所有来我家的人都贴着墙根，胆战心惊地溜走，我每次都大声咋呼着迎送客人，生怕它挣脱了索链。它先后挣断过3条铁链子，为了找一根不会被它挣断的铁链，我和妻子在集上转了好多圈，终于在卖废铁的地方发现了一条，是起重动滑轮上使用的，就像《红灯记》里的李玉和赴刑场时戴的脚镣那样粗，有3米多长，十几斤重。我如获至宝，出价要买。那卖废铁的主儿听说我买了做狗链子时间："天老爷爷，你们家养了条什么狗？"我当然没有必要告诉他我们家养了条什么狗。回家后我与妻子一起把这条粗大的铁链子给它换上，它低着头，好像很不习惯。但很快它就习惯了，它拖着沉重的铁链，一如既往地对着客人冲击着，铁链子在水泥地面上哗啦啦地响着，有点英勇悲壮的意思，令人浮想联翩。它耸着脖子上的毛，龇着雪白的牙，对来客满怀深仇，表现出一种特别能战斗、特别渴望战斗的精神。我和妻子每隔几天就去检查一次拴它的链子和捆它的脖圈，生怕它获得了自由身，误伤了人民群众。记得3年前它还没完全长大时，就挣开链子，把一个来给我送稿子的县委宣传部的小伙子咬伤了。那个小伙子与我说着话往外走，猛然间从星光下它蹿了过来，基本上赛过一道闪电，眨眼间就在那个小伙子脚脖子上咬了一口。那小伙子蹭地一下子就蹿上了我家的高达3米的平房，等我妻子拴好了狗，搬来梯子，他才惊魂未定地爬下来。他说："天哪，我是怎么上的房？"以后这个小伙子来给我送稿子，都是站在我家院墙外边，把稿子扔进来，大喊："我不进去了，莫老师！"现在它长大了，虽然瘦但战斗精神极强，如果挣脱了索链，后果不堪设想。尤其是我女儿经常带她的同学来家做作业看小人书，那些小女孩，一个个都是家里的宝贝疙瘩，万一被恶犬咬了，那乱子可就闹大了，赔上医疗费和无数的道歉事小，伤了人家的孩子怎么也弥补不了。所以我远在北京，心里总是不踏实，每次写信或是打电话，都不敢忘记叮嘱：千万拴紧我们的狗！

据女儿说，有好几次狗链开了，她和爷爷躲在屋子里不敢出来，一直等到她妈妈回来。说也怪，这条狗几乎对谁都龇牙，唯有对我妻子，却是异常地温顺，一见她就摇尾俯身，恭敬得不得了，宛如太监见了皇后。她骂它，打它，踢它，它不龇牙，不瞪眼，老实得简直媚了。她开大门的声音它都能辨别出来，绝对不会错。我父亲说它不是听声，而是嗅味；我在一本书上也看到：狗的鼻子比人的鼻子灵光几十万倍。我虽然每年在家只有几个月，但它还是认识我的。有时我大着胆子给它喂食，它还对我摇摇尾巴表示感谢。有时甚至扑上来搂搂我的腿。但我的心里还是怯，绝不敢太靠近它，因为我知道这条狗跟我有距离。但我绝对没想到它竟会咬我，而且是那样的毫不留情。

那天，我送一个前来查电表的电工出门，它突然挣脱了脖圈，把那条沉重的索链弯弯曲曲地抛弃在地上。我女儿惊呼："爸爸，狗！"狗已经蹿了过来，它的身体几乎紧贴着地面，见惯了它戴着索链的形象，乍一见了没戴索链的它，竟感到有一些陌生，好像不是我家的狗，而是一个别的野兽。运动员戴着沙袋训练，一旦解了沙袋，便如离弦之箭；我家的狗一直戴着铁链生活，一旦解脱了铁链，那速度比离弦的箭还要快。我挺身而出，把电工挡在身后，并举起一只手，对着它挥舞着，嘴里大喊："狗！"狗一口就咬住了我的左腿。我庆幸自己穿着棉裤，棉裤里还套着毛裤，它咬了我，也不一定咬得透。我认为它咬我一口就该罢休，没想到它竟然连续作战，松开我的左腿，又咬了我的右腿，然后耸身一跳，在我的肚皮上又咬了一口。这时候我才知道这家伙的可怕，这时候我才明白宣传部那个小伙子为什么能跳上3米高的房顶。伤口剧烈地疼痛起来，我一挥手，正好挥进它的嘴里，它顺便又给了我一口。幸好离门不远，我挣脱了它，与电工和我女儿跑进屋子，紧紧地插上门，吓得三魂丢了两魂半。解开衣服一看，三处出血，一处青紫。腹部伤得最重，原因是毛衣不如棉裤厚。如果我只穿着单衣……如果咬着电工……我想，真是不幸之中的大幸！

这时，大门还没有关，万一它跑到大街上去见人就咬怎么办？这条狗，自从进了我家的大门，还从来没有出去过，它可以听到邻居家狗的叫声，但从来没有见过面，它能认识自己的同类吗？

妻子终于下班回来了，狗撒着欢儿迎接她，并且十分顺从地让她把铁链子重新拴到脖子上。

下午，我去县防疫站购买了狂犬疫苗，到门诊部打了一针，医生说要连续打五针，戒酒、茶一个月。

只因为一时冲动，咬了主人，它的末日就要来临了。

我让妻子去打听一下，有没有人愿意要这条狗。妻子回来说，人家都说：连自己的主人都咬，谁敢要？但她厂里几个馋鬼愿意打死它吃肉。

我的心立刻就软了。我想起了这条狗无比的忠诚，对我妻子。我想起这条狗在社会治安不好的情况下，给我妻子和女儿带来的安全感。我女儿在学校里听到了一些吓人的消息，夜里睡不着觉，我妻子就安慰她："不怕，我们有狗。"它咬我，可能是一时糊涂吧？我决定还是留着它，给它脖子上再加一个脖圈，挣脱一个，还有一个。但那两个打狗的人已经来了。我妻子想了想，坚定地说："不要了！"

那是两个身穿黑皮夹克的中年人，每人提着一条麻绳子。一进院，狗就疯了似地对他们冲刺、叫嚣。我生怕他们当场动手，他们说不。他们让我妻子把那两条绳子拴到狗脖子上，由他们拉到厂里去再打。

我女儿很难过，坐在桌前，打开了收音机。我把声音调大，怕狗垂死的声音刺激她。她坐在桌前，在低沉的箫声里，捂着脸哭了。

奇怪的是它竟一声不吭地被我妻子拉出了大门，那两个男人跟在后边。这是它第一次出门，出去了，就永远回不来了。

我心里也感到很难过，劝着女儿，说人家把狗牵去，放在食堂里养着，天天吃大鱼大肉，它是去享福了。她还是哭，我心里烦起来，就说：是爸爸要紧还是狗要紧？！

她躺到床上，用被子蒙着头，不吃饭，我咋呼她，她不服。

我妻子悄悄地跟我说，狗出门时，双膝跪着，望着她，那眼神真让人不好受。

第二天，她回来说，那两个人拖它走，它死活不走，于是就在街上把它打死了。我问它反抗了没有，我妻子说没有，一点也没有。

我许愿为女儿再去要一条善良的、漂亮的狗，但我的确很犹豫。人养狗，总要看到它的末日，即便它咬了你，打死它时你也要为它难过，这就是感情吧！

现在，它早已变成了肥田的东西，构成它的物质重新回归了大自然，而且，由这些物质重新组合成一条狗的机会再也不会有了，但它的短暂的一生，与我的家庭的一段历史纠葛在一起。它咬我那几口，会变成我的女儿对她的孩子讲述的一件趣事吧？也许。

我21岁离开了故乡

我21岁离开了故乡

高密火車站上的火車，
載着我的鄉情與夢想。
——莫言

高密名吃一炉包.
离乡三十年,此物最相思.
——莫言

当年绿树砍伐尽，
如今春风吹又生。
——莫言

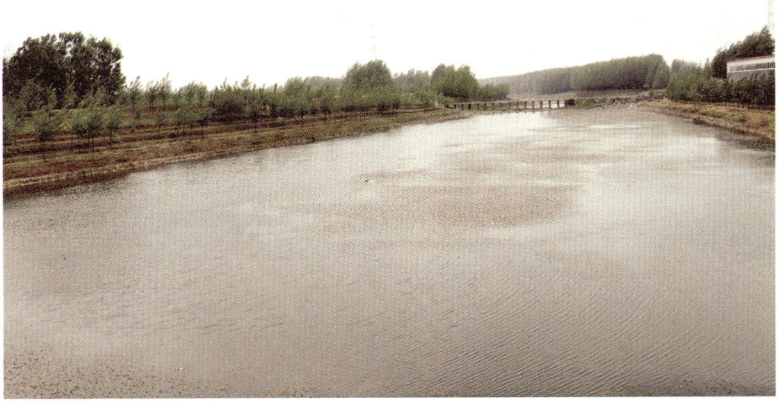

胶河水中曾游我，
如今鱼虾已甚稀。
——莫言

壓水井邊枸杞樹
庭院可以種蔬菜
　　　——莫言

此桥上曾經發生過
多少故事，请到我
的说中去寻。
——莫言

旧空院
裏色长波
荒草
二哥開門
一莫言

忠厚傳家久
詩書繼世長
這聯句几十年
沒有變。
一首大言

故鄉兒童
不識我笑
問客從何
處來
——莫言

再過一個月
麥子就要熟
了慢頭的香
氣就稀可聞
了！莫言

中去放
開肚皮吃
一場。
庚寅九月
莫言題

雨中覓
食一群羊
跑遍小草
如微芒斗
膽窜乱田

水如碧
泥如金
正是三
月小陽
春

考月
庚寅九月
莫言題月

故鄉建起
文學館
初聞誠恐惶
惶誠恐
永遠知道
我是誰家子
高聲鞭策
寧自警
莫言題寫

大江健三郎先生来到莫言高密老家

此照摄於一九二〇年庚寅
九月

那時我身老老拾二

穿老衣衫被中間毛衣

人讯即已被衣中

不再穿即

自题 莫言

高密東北鄉

生我養我的地方

美麗的膠河滾滾流淌

遍野的高粱

高密輝煌

黑色的土地承載萬物

勤勞的人民淳樸善良

即使遠隔千山萬水

我也不能將你遺忘

只要我的生命不息

就會放聲為你歌唱

己丑初春之夜錄舊

時詩句於二斗閣中

莫言左書

我21岁离开了故乡

我21岁离开了故乡

19

神秘的日本与我的文学历程

在日本驹泽大学的即席演讲

 梶井基次郎的柠檬

我是第一次踏上日本的国土，尽管在此之前，在我的小说里，已经有了很多关于日本的山川河流、风土人情的描写。那是完全的想象，闭门造车，来到日本后，发现我的想象与真实的日本大相径庭。我小说中的日本，是一个文学的日本，这个日本不在地球上。

这次短暂的日本之旅，可以说是一次文学之旅，更可以说是一次神秘之旅。

前天我们到达伊豆半岛中央那个有很多温泉和旅馆的地方时，正是黄昏时刻。暮色苍茫，深不可测的猫越川里水声喧哗，狭窄的道路两旁生长着许多湿漉漉的大树和攀缘植物，我感觉到那里边活动着很多神秘的精灵。驹泽大学的釜屋修先生首先带我来到了汤本馆——这是当年川端康成写作《伊豆舞女》时居住的地方，一个小小的旅馆。釜屋修先生不知用什么样的花言巧语说服了那个看门的老太太，使她允许我参观川端康成居住过的房间。我坐在通往那个著名的房间的楼梯上照了一张相，然后还坐在川端康成坐过的垫子上照了一张相，想从那上边沾染一点灵气。我知道楼梯是真的，但坐垫肯定是假的。这是一个小小的但是十分雅致的房间，与川端康成的气质十分地相似，我感到这个房间好像是为他特意布置的。

从汤本馆出来，走过一段弯曲而晦暗的山路，就到了梶井基次郎写作《柠檬》时居住的小旅馆。梶井是一个少年天才，写完了《柠檬》不久就吐血而死，据釜屋修先生说，《柠檬》是一部才华横溢的作品，可惜至今还没有中文译本，而大多数的日本人也不知道有这样一位作家曾经写过这样一部作品。釜屋修先生说，在70多年前，这个地方还没有电，也不通车，人烟稀少，冷僻荒凉。每天晚上，梶井都顶着满天的星光或是月光，沿着曲折的山路，到汤本馆去，与川端康成谈论文学。谈到深夜，一个人再走回来。我想知道川端康成会不会送送这个面色苍白的青年呢？在深夜的星光闪烁的曲曲折折的山路上，行走着一老一少两个文学的精灵。釜屋修先生说他不知道，文献上也没有记载。但我心中固执地认为一定有过这种情景，这是一种感人至深的情景。釜屋修先生说，梶井死后，为了纪念他，日本的作家们就设了一个柠檬节，在每年的梶井忌日召开，到时会有很多日本作家从各地赶来参加。但现在这个节好像日渐衰微，人们已经忘记了梶井，也忘记了他的《柠檬》，当然也不会有多少人远路风尘地来参加这个柠檬节了。

出了梶井的旅馆，沿着陡峭的小路，爬上山包，釜屋修先生带我去看梶井的坟墓。在山包上，还能看到一缕血红的霞光照耀着孤零零的墓和墓前紫色的石碑。石碑的顶端，有一个金黄的东西在闪闪发光。是一颗柠檬。釜屋修先生惊奇地说：这个季节哪里来的柠檬呢？而我在想，是什么人赶在我来之前放上了这颗柠檬呢？

 川端康成的幽灵

当天夜里，我们下榻在距离汤本馆不远的绿色天城旅馆。这家旅馆的规模比汤本馆大一点，现代化的气息浓一些，但旅客寥寥，似乎只有我们几个人。晚饭之后，各回寝室，熄灯就寝。隔着窗户，听到猫越川里的流水声愈加响亮。几分寒意、几分怯意伴随着我进入梦乡。深夜起来解手时（这家饭店的房间里没有卫生间），我拉开门，一阵凉风扑面而来，风里似乎还有一股浓烈的脂粉香气。我的心中不由地一阵紧张，似乎是害怕，但更像是兴奋。当我穿越长长的走廊走向卫生间时，听到在身后的楼梯上，响起了一阵清脆的木屐声。我驻足等待，望着那楼梯的出口，希望能看到一个像白莲花一样不胜凉风娇羞的日本美人从那里出来，但没有人出来，木屐声也消逝了，只有猫越川的流水在响亮着，好像那木屐声从来就没有出现过，出现的只是我的幻觉。我带着几分遗憾进入卫生间。卫生间里有不少的间隔。我推门进去时，就听到抽水马桶哗哗地一阵响。如果说刚才从楼梯口传来的木屐声是我的幻觉，那这次，马桶的响亮水声，绝对是真实的，听，那排过水之后的抽水声还在继续着。这说明卫生间里有一个起夜者，他很快就要走出来的。但一直等我离开卫生间时，也没有人从那个水声响亮过的间隔里走出来。当我冒着冒犯别人的危险拉开那个间隔的门时，结果你们应该猜到了，里边什么人都没有。回到房间后我再也没有睡着，一直侧耳听着外边的动静，但除了川里的水声，再无别的声响。后来，临近天亮时，从很远的地方竟然传来了几声公鸡的啼叫。这又是一种让我感慨万端的声音。我已经多少年没有听到公鸡的叫声了，我一辈子从来也没有在这样的环境里，在这样幽静的、神秘的凌晨听到从遥远的仿佛隔了几百个岁月的地方传来的公鸡的叫声。我想起了"鸡声茅月店，人迹板桥霜"的意境，想起了偷鸡的时迁、给顾客烧汤的店小二，想起了刺配沧州的林冲，在那个时代里，鸡是人家的报晓钟，洗脚水不叫洗脚水，叫"汤"，洗澡水肯定也叫汤，川端康成先生住过的那家旅馆不就叫汤本馆吗？我住的旅馆的底层有一个非常不错的温泉澡堂，头天晚上我们几个人一起去泡过。里边蒸汽缭绕，汤从石缝里咕嘟咕嘟地冒出来，澡堂里充溢着一股浓烈的硫磺气味。反正已经睡不着了，天亮后就要告别伊豆，当然也就告别了可爱的温泉，何不再去泡它一汤呢？

我一个人下楼进了澡堂，因为没有人，我连温泉和更衣室之间的推拉门也没关。我躺在热水里，迷迷糊糊地想着夜里发生的事情，这时候，面前的推拉门无声无息地合上了。我以为是旅馆的工作人员帮我拉上了门，但门是无声无息、缓缓地合上的，根本就没有人。我回去和同来的朋友说起这件奇遇，他们不相信。他们说可能是电动的感应门，但下去考查之后，发现根本不是什么电动门，而且显然是很少关过，用手推着都有些费劲，并且发出咯咯吱吱的响声。接着，我们去吃早饭，吃饭时又说起这件事，朋友们还是不信，以为我是在装神弄鬼，但正在这时，摆放在我面前的一双连结在一起的一次性木筷子"啪"的一声裂开了。这件事就发生在大家的眼皮底下，但他们还是不愿意相信。

我愿意相信，从夜里到早晨发生的这些事情，如果不是川端康成先生在显灵，就是那个小舞女熏子（《伊豆舞女》中的女主角）在显灵。

 井上靖的雪虫

昨天上午，釜屋修先生带着我们参观了井上靖的故居，还有他就读过的小学校。在学校后边的操场边上，立着一块井上靖亲笔题

写的诗碑。词儿自然是精彩，但可惜我把它们忘记了。学校前边的水池边上有一组雕塑。左侧是一个大脑袋的小男孩，身上背着一个包袱，手里举着一片枫叶，脸仰着，似乎是在追赶他的雪虫。（井上靖有一篇著名的小说，题目就叫《雪虫》。据釜屋修先生说，这是一种非常美丽的虫子，每当深秋枫叶红了的季节，在黄昏的时候，就会出来飞舞，像纷纷飘扬的雪片。后来在伊豆的"森林、文学"博物馆里，我见到了雪虫的标本，那是一种透明的小飞虫，果然十分美丽。据说井上靖少年时期，放学回家的路上，就追赶着飞舞的雪虫奔跑，他的《雪虫》写的就是童年时期的一段生活）。在男孩雕像的右侧，塑着一个老奶奶，这或者是井上靖的母亲，或者是他的奶奶。她坐姿，举起一只手，既像召唤孩子回家，又像鼓励孩子远行。这组雕像让我十分感动，我感到仿佛回到了自己的少年时期，仿佛看到了少年的井上靖在放学回家的路上，手持枫叶追赶雪虫的情景。

回到东京的晚上，釜屋修先生打电话到旅馆，告诉我他也有一个神奇的遭遇：他回家打开报纸，一眼就看到了一篇关于伊豆半岛的雪虫的文章，而且还配着一张照片。文章里说，这种神奇的小飞虫，几十年前在秋天的黄昏时漫天飞舞，但现在已经绝迹了。至此，我的脑子里已经有了三篇小说的题目：第一篇是《梶井基次郎的柠檬》，第二篇是《川端康成的幽灵》，第三篇是《井上靖的雪虫》。

4 东京街头的狐狸姑娘

　　昨天晚上到了繁华喧闹的东京，我在伊豆半岛酝酿出的文学灵感就逃逸了三分之一。晚上到了新宿的街头一看，那种伊豆式的优雅文学灵感就只剩下十分之一了。因为大街上活动着许多狐狸一样的姑娘。她们染着五颜六色的头发，穿着比京剧演员的朝靴还要底厚的鞋子，脸上粘着许多小星星，嘴唇涂成银灰色。她们脸上的星星和她们的嘴唇在电灯照耀下闪闪发光。她们脸上的表情和她们的动作行为都让我联想到狐狸。这时，跑掉的小说灵感又回来了，当然这已经不是伊豆式的灵感，而是东京式的灵感。我的第四篇小说的题目也有了：《东京街头的狐狸姑娘》。

　　在东京除了发现了许多狐狸姑娘之外，我还在大学的门前发现了一群乌鸦青年。他们都穿着漆黑的衣服，头上戴着明檐的黑色帽子。他们在大街上游行时，我还没把他们和乌鸦联系在一起，只是当他们游行完毕，当一个新生为他们的学长、也是校旗的旗手卸下身上的皮带时——那个新生在为学长卸皮带前后都要连连鞠躬、哇哇怪叫——我突然地感到，他们与乌鸦是那样地相似。不但嘴里发出的声音像，连神态打扮都像。我想《大学门前的乌鸦少年》应该成为我的第五篇小说题目。

　　我发现好像日本的年轻人都在马路上玩耍，女的变成了狐狸，男的变成了乌鸦，而日本的老人却在努力地工作。高速公路上收费的是老年人，维修道路的也是老年人。开出租车的是老年人，收垃圾的也是老年人，研究中国文学的更是老年人。我想这也许是日本的一种崭新的人生哲学：年轻时就拼命玩，玩不动了就开始工作。废话说得太多了，下面我想应该谈谈严肃的文学问题了。

昨天中午我与釜屋修先生和毛丹青同志一起穿越那条因为被川端康成在小说里描写过而著了名的天城隧道时，正好与沼津中学的一群女孩子同行。穿越隧道时大家都不约而同地发出了尖叫，使出吃奶的力气发出各式各样的尖叫。其中一个女生的尖叫持续了足有3分钟。她的尖叫大致可以分为3节，前边是兴奋地尖叫，中间是忧伤地尖叫，结尾是疯狂地尖叫。一声尖叫可以分成3段，包含了3个深刻的人生的主题。现在我的第六篇小说的题目又产生了：《女中学生的尖叫》。

其实在穿越隧道的时候，我想得最多的还是川端康成的《伊豆舞女》。我这次去伊豆之前有一个美丽的梦想，那就是希望能在那里遇到一个像熏子一样美丽动人、情窦初开的艺伎，但我跟熏子的幽灵擦肩而过，却跟一群与熏子年龄相仿的女中学生结伴而行。隧道还是那条隧道，姑娘还是那样年轻的姑娘，但生活已经发生了翻天覆地的变化。

5 牵过一条川端康成的狗

80年代中期的一天，我从川端康成的小说《雪国》里读到了这样一个句子："一只黑色壮硕的秋田狗，站在河边的一块踏石上舔着热水。"我感到眼前出现了一幅鲜明的画面，仿佛能够感受到水的热气和狗的气息。我想，原来狗也可以堂而皇之地写进小说，原来连河里的热水与水边的踏石都可以成为小说的材料啊！

我的小说《白狗秋千架》的第一句就是："高密东北乡原产白色温顺的大狗，流传数代之后，再也难见一匹纯种。"这是我的小说中第一次出现"高密东北乡"的字眼，也是第一次提到关于"纯种"的概念。从此之后，一发而不可收，我的小说就多数以"高密东北乡"为背景了。那里是我的故乡，是我生活了20年、度过了我的全部青少年时期的地方。自从我写出了《白狗秋千架》之后，就仿佛打开了一扇闸门。过去我感到没有什么东西可写，但现在我感到要写的东西源源不断地奔涌而来。我写一篇小说的时候，另一篇小说的构思就冒了出来。常常有这样的情况：一篇小说还没写完，几篇新的小说就构思好了等待着我去写它们了。1984—1987年这几年中，我写出了大约一百万字的小说。这一时期的作品，有许多个人的亲身经历，小说中的不少人物都有真实的原型。

我的成名作《透明的红萝卜》就写了我个人的一段亲身经历。当时，我在一个离家不远的桥梁工地上给一个铁匠拉风箱，白天打铁，晚上就睡在桥洞子里。桥洞子外边就是一片生产队的黄麻地，黄麻地旁边是一片萝卜地。因为饥饿，当然也因为嘴馋，我在劳动的间隙里，溜到萝卜地里偷了一个红萝卜，但不幸被看萝卜的人捉住了。那人很有经验，把我的一双新鞋子剥下来，送到桥梁工地的负责人那里。那时我的脚只有30码，但鞋子是34码的，为的是能够多穿几年，因为小孩子的脚长得很快。我穿着一双大鞋走起路来就像电影里的卓别林一样，摇摇摆摆，根本跑不快，否则那个看萝卜的老头子也不可能捉到我。

桥梁工地的负责人在桥墩上挂上了一张毛主席的宝像，然后把所有的民工组织起来，在桥墩前站成了一片。负责人对大家讲了我的错误，然后就让我站在毛主席像前向毛主席请罪。请罪的方式就是先由犯罪人背诵一段毛主席的语录，然后就忏悔自己的罪行。我记得自己背诵了"三大纪律八项注意"，这段语录里有"不拿群众一针一线、不损坏老百姓的庄稼"的条文，与我所犯错误倒是很贴切，尽管我只是一个饥饿的顽童而不是革命军人。我痛哭流涕地对毛主席说："敬爱的毛主席，我对不起您老人家，忘记了您老人家的教导，偷了生产队里一个红萝卜。但是我实在是太饿了。我今后宁愿吃草也不偷生产队里的萝卜了……"桥梁工地的负责人一看我的态度不错，而且毕竟是一个孩子犯了个小错误，就把我的鞋子还给我，让我过了关。

但我在大庭广众面前向毛主席请罪的场面被我的二哥看到了。他押我回家，一路上不断地对着我的屁股和肩背施加拳脚，这是那种抓住弟妹把柄时的半大男孩常有的恶劣表现。回家后他就把这事向父母作了汇报。我的父亲认为我丢了家庭的面子，大怒。全家人一起动手修理我，父亲是首席打手。父亲好像从电影里汲取了一些经验，他找来一条绳子，放在腌咸菜的盐水缸里浸湿，让我自己把裤子脱下来——他怕把我的裤子打破——然后他就用盐水绳子抽打我的屁股。电影里的共产党员宁死不屈，我是一绳子下去就叫苦连天。我的母亲一看父亲下了狠手，心中不忍了，就跑到婶婶家把我的爷爷叫了来。爷爷为我解了围。爷爷说："奶奶个熊，小孩子拔个萝卜吃，有什么了不起？值得你这样打？"我爷爷对人民公社这一套一开始就反感，他自己偷偷地去开小荒，拒绝参加生产队里的劳动。但当时他是被当成了阻挡历史前进的老顽固看待的。根据这段惨痛的经历，我写出了短篇小说《枯河》与中篇小说《透明的红萝卜》。

我的小说《红高粱》里有一个王文义，这个人物实际上是以我的一个邻居为模特的。我不但用了他的事迹，而且使用了他的真实的名字。我知道这样不妥，但在写作的时候感到只有使用了真实的名字笔下才能有神气。本来我想等写完后就改一个名字，但是等我写完之后，改成无论什么名字都感到不合适。后来，电影在我们村子里放映了，小说也在村子里流传，王文义认识一些字，电影和小说都看了。他看到我在小说里把他写死了，很是愤怒，拄着一根棍子到我家找我父亲。说我还活得好好的，你家三儿子就把我给写死了。我对你们家不错，咱们是几辈子的邻居了，怎么能这样子地糟蹋人呢？我父亲说，他小说中的第一句话就是"我父亲是个土匪种"，难道我是个土匪种吗？这是小说。王大叔说，你们家的事我不管，但我还活着，把我写死我不高兴。我父亲说，儿子大了不由爷了，等他回来你自己找他算账吧。我探家时买了两瓶酒去看望他，也有个道歉的意思在里边。我说大叔，我是把您往好里写，把您塑造成了一个大英雄。他说：什么大英雄？有听到枪声就捂着耳朵大喊"司令司令我的头没有了"的大英雄？我说后来您不是很英勇地牺牲了吗？大叔很宽容地说：反正人已经被你写死了，咱爷们也就不计较了，这样吧，你再去给我买两瓶酒吧，听说你用这篇小说挣了不少钱。

过了这个阶段后，我发现一味地写自己的亲身经历和家乡那点子事也不是个办法，别人不烦，我自己也烦了。我想我的"高密东北乡"应该是一个开放的概念，而不是一个封闭的概念；应该是一个文学的概念，而不是一个地理的概念。我创造了这个"高密东北乡"实际上是为了进入与自己的童年经历紧密相连的人文地理环境，它是没有围墙甚至没有国界的。如果说"高密东北乡"是一个文学的王国，那么我这个开国王君应该不断地扩展它的疆域。在这种思想的指导下我写了《丰乳肥臀》。

在《丰乳肥臀》中，我为"高密东北乡"搬来了山峦、丘陵、沼泽、沙漠，还有许多在真实的高密东北乡从来没有生长过的植物。翻译这部作品的吉田富夫先生到我的故乡去寻找我小说中的东西，展现在他眼前的是一望无际的平原，没有山峦也没有丘陵，没有沙漠更没有沼泽，当然也没有那些神奇的植物。我知道他感到非常的失望。前几年翻译我的《酒国》的藤井省三先生到高密去看红高粱，也没有看到，他也上了我的当。当然，所谓扩展"高密东北乡"的疆域并不仅仅是地理和植被的丰富与增添，更重要的是思维空间的扩展。这也就是几年前我曾经提出的对故乡的超越，夸张一点说，这是一个深刻的哲学命题，我心中大概地明白它的意义，但很难用清晰的语言把它表述出来。

15年前，当我开始了真正意义上的文学创作时，我就写过一篇题为《天马行空》的短文，在那篇文章里，我认为一个小说家最宝贵的素质就是具有超于常人的想象力，想象出来的东西比真实的东西更加美好。譬如从来没见过大海的作家写出来的大海可能比渔民的儿子写出来的大海更加神奇，因为他把大海变成了他的想象力的实验场。

前几天，一位记者曾经问过我，在我的小说中为什么会有那样美好的爱情描写。我说我实在想不出我的哪篇小说里有过美好的爱情描写。根据中国某些作家们的经验，一个写出了美好爱情的作家，一定会收到许多年轻姑娘们写来的信件，有的信里还附有姑娘的玉照，但我至今也没有收到过一封这样的信。前几年在学校学习时收到过一封十分肉麻的信，但后来知道那是一个男同学的恶作剧。我回答记者的提问，说如果你认为我的小说中有美好的爱情描写，我自然很愿意承认，要问我为什么能写出这样子美好的爱情，其根本原因就是我没有谈过恋爱。一个在爱情上经验丰富的人，笔下的爱情一般地说都是索然无味的。我认为一个小说家的情感经历、或者说他的想象出的情感经历比他的真实的经历更为宝贵，因为一个人的亲身经历毕竟是有限的，而想象力是无限的。你可以在想象中与一千个女人谈情说爱甚至同床共枕，但生活中一个女人就够你忙活的了。我想在我今后的小说中很可能出现日本的风景，东京的狐狸姑娘和乌鸦青年很可能变成我小说中的人物，如果我愿意，我可以把这些全部地移植到我的"高密东北乡"里来，当然要加以改造，甚至改造得面目全非。过去曾经有过一个响亮的口号，叫做"无产阶级没有国籍"，但现在看来这个口号是一句浪漫的空话。但是不是可以说：小说家是有国籍的，但小说是没有国籍的呢？今天我能够坐在这里胡说八道就部分地证明了这个口号。

　　谢谢各位浪费了许多宝贵的时间前来听讲。

小说的气味
——在巴黎法国国家图书馆演讲

20

　　拿破仑曾经说过，哪怕蒙上他的眼睛，凭借着嗅觉，他也可以回到他的故乡科西嘉岛。因为科西嘉岛上有一种植物，风里有这种植物的独特的气味。

　　前苏联作家肖洛霍夫在他的小说《静静的顿河》里，也向我们展示了他的特别发达的嗅觉。他描写了顿河河水的气味，他描写了草原的青草味、干草味、腐草味，还有马匹身上的汗味，当然还有哥萨克男人和女人们身上的气味。他在他的小说的卷首语里说：哎呀，静静的顿河，我们的父亲！顿河的气味，哥萨克草原的气味，其实就是他的故乡的气味。

　　出生在中俄界河乌苏里江里的大马哈鱼，在大海深处长成大鱼，在它们进入产卵期时，能够洄游万里，冲破重重险阻，回到它们的出生地繁殖后代。对鱼类这种不可思议的能力，我们不得其解。近年来，鱼类学家找到了问题的答案：鱼类尽管没有我们这样的突出的鼻子，但有十分发达的嗅觉和对于气味的记忆能力。就是凭借着这种能力，凭借着对它们出生的母河的气味的记忆，它们才能战胜大海的惊涛骇浪，逆流而上，不怕牺牲，沿途减员，剩下的带着满身的伤痕，回到了它们的故乡，完成了繁殖后代的任务后，就无忧无怨地死去。母河的气味，不但为它们指引了方向，也是它们战胜苦难的力量。

从某种意义上说，大马哈鱼的一生，与作家的一生很是相似。作家的创作，其实也是一个凭借着对故乡气味的回忆，寻找故乡的过程。

在有了录音机、录像机、互联网的今天，小说的状物写景、描图画色的功能，已经受到了严峻的挑战。你的文笔无论如何优美准确，也写不过摄像机的镜头了。但唯有气味，摄像机还没法子表现出来。这是我们这些当代小说家最后的领地，但我估计好景不长，因为用不了多久，那些可怕的科学家就会把录味机发明出来。能够散发出气味的电影和电视也用不了多久就会问世。趁着这些机器还没有发明出来之前，我们应该赶快地写出洋溢着丰富气味的小说。

我喜欢阅读那些有气味的小说。我认为有气味的小说是好的小说。有自己独特气味的小说是最好的小说。能让自己的书充满气味的作家是好的作家，能让自己的书充满独特气味的作家是最好的作家。

一个作家也许需要一个灵敏的鼻子，但仅有灵敏的鼻子的人不一定是作家。猎狗的鼻子是最灵敏的，但猎狗不是作家。许多好作家其实患有严重的鼻炎，但这并不妨碍他们写出有独特气味的小说。我的意思是，一个作家应该有关于气味的丰富的想象力。一个具有创造力的好作家，在写作时，应该让自己的笔下的人物和景物，释放出自己的气味。即便是没有气味的物体，也要用想象力给它们制造出气味。这样的例子很多：

德国作家聚斯金德在他的小说《香水》中，写了一个具有超凡的嗅觉的怪人，他是搜寻气味、制造香水的邪恶的天才，这样的天才只能诞生在巴黎。这个残酷的天才脑袋里储存了世界上几乎所有物体的气味。他反复比较了这些气味后，认为世界上最美好的气味是青春少女的气味，于是他依靠着他的超人的嗅觉，杀死了24个美丽的少女，把她们身上的气味萃取出来，然后制造出了一种香水。当他把这种神奇的香水洒到自己身上时，人们都忘记了他的丑陋，都对他产生了深深的爱意。尽管有确凿的证据，但人们都不愿意相信他就是凶残的杀手。连被害少女的父亲也对他产生了爱意，爱他甚至胜过了他的女儿。这个超常的怪人坚定不移地认为，谁控制了人类的嗅觉，谁就占有了世界。

马尔克斯小说《百年孤独》中的人物，放出的臭屁能把花朵熏得枯萎，能够在黑暗的夜晚，凭借着嗅觉，拐弯抹角地找到自己喜欢的女人。

福克纳的小说《喧哗与骚动》里的一个人物，能嗅到寒冷的气味。其实寒冷是没有的气味的，但是福克纳这样写了，我们也并不感到他写得过分，反而感到印象深刻，十分逼真。因为这个能嗅到寒冷的气味的人物是一个白痴。

通过上述的例子和简单的分析，我们可以发现，小说中实际上存在着两种气味，或者说小说中的气味实际上有两种写法。一种是用写实的笔法，根据作家的生活经验，尤其是故乡的经验，赋予他描写的物体以气味，或者说是用气味来表现他要描写的物体。另一种写法就是借助于作家的想象力，给没有气味的物体以气味，给有气味的物体以别的气味。寒冷是没有气味的，因为寒冷根本就不是物体，但福克纳大胆地给了寒冷气味。死亡也不是物体，死亡也没有气味，但马尔克斯让他的人物能够嗅到死亡的气味。

当然，仅仅有气味还构不成一部小说。作家在写小说时应该调动起自己的全部感觉器官，你的味觉、你的视觉、你的听觉、你的触觉，或者是超出了上述感觉之外的其他神奇感觉。这样，你的小说也许就会具有生命的气息。它不再是一堆没有生命力的文字，而是一个有气味、有声音、有温度、有形状、有感情的生命活体。我们在初学写作时常常陷入这样的困境，即许多在生活中真实发生的故事，本身已经十分曲折、感人，但当我们如实地把它们写成小说后，读起来却感到十分虚假，丝毫没有打动人心的力量。而许多优秀的小说，我们明明知道是作家虚构的，但却能使我们深深地受到感动。为什么会出现这样的现象呢？我认为问题的关键就在于，我们在记述生活中的真实故事时，忘记了我们是创造者，没有把我们的嗅觉、视觉、听觉等全部的感觉调动起来。而那些伟大作家的虚构作品，之所以让我们感到真实，就在于他们写作时调动了自己的全部的感觉，并且发挥了自己的想象力，创造出了许多奇异的感觉。这就是我们明明知道人不可能变成甲虫，但我们却被卡夫卡的《变形记》中人变成了甲虫的故事打动的根本原因。

自从电影问世之后，人们就对小说的前途满怀着忧虑，50年前，中国就有了小说即将灭亡的预言，但小说至今还活着。电视机走进千家万户后，小说的命运似乎更不美妙，尽管小说的读者的确被电视机拉走了许多，但是依然有很多人在读小说，小说的死期短时间内也不会来临。互联网的开通似乎更使小说受到了挑战，但我认为互联网仅仅是提供了一种另类的写作方式与区别于传统图书的传播方式而已。

作为一个除了写小说别无他能的人，即便我已经看到了小说的绝境，我也不愿意承认，何况我认为，小说其实是任何别的艺术或是技术形式无法取代的。即便是发明了录味机也无法代替。因为录味机只能录下世界上存在的气味，而不能录出世界上不存在的气味。就像录像机只能录下现实中存在的物体，不可能录出不存在的物体。但作家的想象力却可以在某种意义上无中生有。作家借助于想象力，可以创作出不存在的气味，可以创造出不存在的事物。这是我们这个职业永垂不朽的根据。

当年，德国作家托马斯·曼曾经把一本卡夫卡的小说送给爱因斯坦，但是爱因斯坦第二天就把小说还给了托马斯·曼。他说：人脑没有这样复杂。我们的卡夫卡战胜了世界上最伟大的科学家，这是我们这个行当的骄傲。

那就让我们胆大包天地把我们的感觉调动起来，来制造一篇篇有呼吸、有气味、有温度、有声音，当然也有神奇的思想的小说吧。

当然，作家必须用语言来写作自己的作品，气味、色彩、温度、形状，都要用语言营造或者说是以语言为载体。没有语言，一切都不存在。文学作品之所以可以被翻译，就因为语言承载着具体的内容。所以从方便翻译的角度来说，小说家也要努力地写出感觉，营造出有生命感觉的世界。有了感觉才可能有感情。没有生命感觉的小说，不可能打动人心。

让我们像乌苏里江里的大马哈鱼那样，追寻着母河的气味，英勇无畏地前进吧。

让我们想象远古时期地球上的气味吧，那时候地球上生活着无数巨大的恐龙，臭气熏天，有人说，恐龙是被自己的屁臭死的。

我将斗胆向我国的负责奥运会开幕式的领导人建议，在2008年奥运会开幕式上，在火炬点燃那一刹那，应该让一百种鲜花、一百种树木、一百种美酒合成的气味猛烈地散发出来，使这届奥运会香气扑鼻。

让我们把记忆中的所有的气味调动起来，然后循着气味去寻找我们过去的生活，去找我们的爱情、我们的痛苦、我们的欢乐、我们的寂寞、我们的少年、我们的母亲……我们的一切，就像普鲁斯特借助一块玛德莱娜小甜饼回到了过去。

我国的伟大作家蒲松龄在他的不朽著作《聊斋志异》中写过一个神奇的盲和尚，这个和尚能够用鼻子判断文章的好坏。许多参加科举考试的人，把自己的文章拿来让和尚嗅。和尚嗅到坏文章时就要大声地呕吐，他说坏文章散发着一股臭气。但是后来，那些惹得他呕吐的文章却都中了榜，而那些被他认为是香气扑鼻的好文章却全部落榜。

台湾流传着一个故事，说在一个村庄的地下，居住着一个嗅觉特别发达的部落。这个部落的人善于烹调，能够制作出气味芬芳的食物。但他们不吃，他们做好了食物之后就摆放在一个平台上，然后，全部落的人就围着食物，不断地抽动鼻子。他们靠气味就可以维持生命。地上的人们，经常潜入地下，把嗅味部落的人嗅过的食物偷走。我已经把这个故事写成了一部短篇小说。在这篇小说中，我是一个经常下到地下去偷食物的小孩子。小说发表之后，我感到很后悔，我想我应该站在嗅味部落的立场上来写作，而不是站在常人的立场上来写作。如果我把自己想象成一个嗅味部落的孩子，那这篇小说，必然会十分神奇。

21

我的《丰乳肥臀》
——在哥伦比亚大学的演讲

我想，再过两年，截至目前我写的最厚的一本书《丰乳肥臀》就会被葛浩文（HOWARDGOLDBLATT）教授翻译成英文与读者见面，为了让大家到时候买我的书，今天我就讲讲创作这本书的经过和这本书的大概内容，也算是提前做个广告。

1990年秋天的一个下午，我从北京的一个地铁口出来，当我踏着台阶一步步往上攀登时，猛然地一抬头，我看到，在地铁的出口那里，坐着一个显然是从农村来的妇女。她正在给她的孩子喂奶。是两个孩子，不是一个孩子。这两个又黑又瘦的孩子坐在她的左右两个膝盖上，每人叼着一个奶头，一边吃奶一边抓挠着她的胸脯。我看到她的枯瘦的脸被夕阳照耀着，好像一件古老的青铜器一样闪闪发光。我感到她的脸像受难的圣母一样庄严神圣。我的心中顿时涌动起一股热潮，眼泪不可遏制地流了出来。我站在台阶上，久久地注视着那个女人和她的两个孩子。许多人从我的身边像影子一样滑过去，我知道他们都在用好奇的目光看着我，我知道他们心里会把我当成一个神经有毛病的人。后来，有人拉了一下我的衣袖，才把我从精神恍惚的状态中唤醒。拉我衣袖的人是我的一个朋友，她问我为什么站在这里哭泣？我告诉她，我想起了母亲与童年。她问我：是你自己的母亲和你自己的童年吗？我说，不是，不仅仅是我的母亲和我的童年。我想起了我们的母亲和我们的童年。

1994年我的母亲去世后，我就想写一部书献给她。我好几次拿起笔来，但心中总是感到千头万绪，不知道该从哪里动笔。这时候我想起了几年前在地铁站出口看到的那个母亲和她的两个孩子，我知道了我该从哪里写起。

在前几次演讲中，我都提到过我的童年和我的故乡，但我还没来得及提到我的母亲。我的母亲是一个身体瘦弱、一生疾病缠身的女人。她4岁时，我的外婆就去世了，过了几年，我的外公也去世了。我的母亲是在她的姑母的抚养下长大成人的。母亲的姑母是一个像钢铁一样坚强的女人，她的体重我估计不到40公斤，但她讲起话来，那声音大得就像放炮一样，我一直都很纳闷儿，不知道她那弱小的躯体如何能够发出那般响亮的声音。我母亲4岁时，她的姑母就给她裹小脚。在座的各位肯定都知道中国的女人曾经有过一段裹小脚的惨痛的历史，但你们未必知道裹小脚的过程是何等的残酷。我母亲生前，曾经多次地对我讲起她的姑母给她裹小脚的过程。一个4岁的女孩，按说还是在父母面前撒娇的年龄，但我的母亲却已经开始忍受裹脚的酷刑。当然，在过去的时代里，遭受这种酷刑的不仅仅是我的母亲，还有成千上万的中国妇女。所谓裹脚，就是用白布和竹片把正在发育的脚趾裹断，就是把四个脚趾折叠在脚掌之下，使你的脚变成一根竹笋的样子。我多次地见过我母亲的脚，我实在不忍心描述她的脚的残状。我母亲说她裹脚的过程持续了10年，从4岁开始裹起，到14岁才基本定型，在这个漫长过程中，充满了血泪和煎熬，但我母亲给我讲她裹脚的经历时，脸上洋溢着自豪的表情，就像一个退休的将军讲述他的战斗历程一样。

我母亲15岁时就由她的姑母做主嫁给了14岁的我父亲，从此开始了长达60多年的艰难生活。我想困扰了我母亲一生的第一是生育，第二是饥饿，第三是病痛，当然，还有她们那个年龄的人都经历过的连绵的战争灾难和狂热的政治压迫。

我母亲生过很多孩子，但活下来的只有我们4个。在过去的中国农村，妇女生孩子，就跟狗猫生育差不多。我在《丰乳肥臀》第一章里描写了这种情景：小说中的女主人公上官鲁氏生育她的双胞胎时，她家的毛驴也在生骡子。驴和人都是难产，但上官鲁氏的公公和婆婆更关心的是那头母驴。他们为难产的母驴请来了兽医，但他们对难产的儿媳却不闻不问。这种听起来非常荒唐的事情，在当时中国农村里是普遍存在的现象。尽管小说中的上官鲁氏不是我的母亲，但我母亲也有过类似的经历。我的母亲怀着那对双胞胎时，肚子大得低头看不到自己的脚尖，走起路来非常困难，但即使这样还要下地劳动。她差一点就把这对双胞胎生在打麦场上。刚把两个孩子生出来，暴风雨来了，马上就到场上去抢麦子。后来这对双胞胎死了，家里的人都很平静，我的母亲也没有哭泣。这种情景在今天会让人感到不可思议，但在当时却是很正常的现象。

我在小说中写过上官鲁氏一家因为战争背井离乡的艰难经历，这是我的母亲那代人的共同的经历。我对饥饿有切身的感受，但我母亲对饥饿的感受比我要深刻得多。我母亲上边有我的爷爷奶奶，下边有一群孩子，家里有点可以吃的东西，基本上到不了她的嘴里。我经常回忆起母亲把食物让给我吃而她自己吃野草的情景。我记得有一次，母亲带着我到田野里去挖野菜，那时连好吃的野菜也很难找到。母亲把地上的野草拔起来往嘴里塞，她一边咀嚼一边流眼泪。绿色的汁液沿着她的嘴角往下流淌，我感到我的母亲就像一头饥饿的牛。我在小说中写了上官鲁氏偷粮食的奇特方式：她给生产队里拉磨，趁着干部不注意时，在下工前将粮食囫囵着吞到胃里，这样就逃过了下工时的搜身检查。回到家后，她跪在一个盛满清水的瓦盆前，用筷子探自己的喉咙催吐，把胃里还没有消化的粮食吐出来，然后洗净，捣碎，喂养自己的婆婆和孩子。后来，形成了条件反射，只要一跪在瓦盆前，不用探喉，就可以把胃里的粮食吐出来。这件事听起来好像天方夜谭，但却是我母亲和我们村子里好几个女人的亲身经历。我这部小说发表之后，一些人批评我刚才讲述的这个情节是胡编乱造，是给社会主义抹黑，他们当然不会知道，在20世纪的60年代，中国的普通老百姓是如何生活的。所以，对这些批评，我只能保持沉默，我即便解释，也是对牛弹琴。

因为频繁的生育和饥饿，我母亲那个年龄的女人几乎都是疾病缠身，我小的时候，夜晚行走在大街上，听到家家户户的女人都在痛苦地呻吟。她们30多岁时，基本上都丧失了生育的能力，40多岁时，牙齿都脱落了，她们的腰几乎找不到一个直的。大街上行走的女人，几乎个个弓腰驼背，面如死灰。那时的农村缺医少药，得了病只好死挨，挺过来就活，挺不过来就死。当然，不仅仅女人如此，男人也如此，孩子和老人也是如此。我们忍受痛苦的能力是惊人的。

我是我父母的最后一个孩子，我出生的时候，还没搞大跃进，日子还比较好过，我想我能活下来，与我的母亲还能基本上吃饱有关，母亲基本能够吃饱，才会有奶汁让我吃。因为我是最后一个孩子，母亲对我比较溺爱，所以允许我吃奶吃到5岁。现在想起来，这件事残酷而无耻，我感到我欠我母亲的实在是太多了。我在地铁入口看到那两个孩子和他们的母亲时之所以热泪盈眶，与我的个人经历有关。这件事激发了我的创作灵感，我决定就从生养和哺乳入手写一本感谢母亲的书。但在写作的过程中，小说中的人物有了自己的生命，他们突破了我的构思，我只能随着他们走。

我在这部小说里塑造了一个混血儿上官金童，他是小说中的母亲和一个传教士生的孩子，也是小说中的母亲唯一的儿子，小说中的母亲生了8个女儿后才生了这样一个宝贝儿子，所以母亲对他寄予了巨大的希望。这个混血儿长大后身材高大，金发碧眼，非常漂亮，但却是一个离开了母亲的乳房就没法生存的人，他吃母亲的奶一直吃到15岁。他对女人的乳房有一种病态的痴迷，连与女人做爱的能力都丧失了。后来他开了一家乳罩店，成了一个设计制作乳罩的专家。我感到这个人物是一个巨大的象征，至于象征着什么，我也说不清楚。去年我在日本参加《丰乳肥臀》日文版的首发式，一个看过此书的和尚对我说，他认为这个上官金童是中西文化结合后产生出来的怪胎。他认为上官金童对母乳的迷恋，实际上就是对中国的传统文化的一种迷恋，他认为我塑造这个人物的目的是对在中国流行了许多年的"中学为体，西学为用"的批判。他认为中国的古典文化实际上是一种封建文化，如果不彻底地扬弃封建文化，中国就不可能真正地实现现代化。我对和尚的看法，既没有表示同意也没有表示反对。因为一本书出版之后，作家的任务已经完成，对书中人物的理解，是读者自己的事。但上官金童是中国文学中从来没有过的一个典型，这是让我感到骄傲的。还有一些读者问我是不是上官金童，我说我不是，因为我不是混血儿；我说我又是，因为我的灵魂深处确实有一个上官金童。我虽然没有上官金童那样的高大的身躯和漂亮的相貌，也没有他那样对乳房的痴情迷恋，但我有跟他一样的怯懦性格。我虽然已经40多岁，但经常能做出一些像儿童一样幼稚的决定。小说中的母亲曾经痛斥上官金童是一个一辈子吊在女人奶头上永远长不大的男人，母亲说的其实是一种精神现象。物质性的断奶不是一件难事，但精神上的断奶非常困难。从这个意义上说，日本和尚的看法是有道理的，是啊，封建主义那套东西，在今日的中国社会中其实还在发挥着重大的影响。许多人对封建主义的迷恋，不亚于上官金童对母乳的迷恋。所以我的这部小说发表之后激怒了许多人就是很正常的了。

　　我在这部长达55万字的小说中还写了上官鲁氏的8个女儿和她的几个女婿的命运，他们的命运与中国的百年历史紧密相连。通过对这个家族的命运和对高密东北乡这个我虚构的地方的描写，我表达了我的历史观念。我认为小说家笔下的历史是来自民间的传奇化了的历史，这是象征的历史而不是真实的历史，这是打上了我的个性烙印的历史而不是教科书中的历史。但我认为这样的历史才更加逼近历史的真实。因为我站在了超越阶级的高度，用同情和悲悯的眼光来关注历史进程中的人和人的命运。看起来我写的好像是高密东北乡这块弹丸之地上发生的事情，实际上我把天南海北发生的凡是对我有用的事件全都拿到了我的高密东北乡来。所以我才敢说，我的《丰乳肥臀》超越了"高密东北乡"。我想，时至21世纪，一个有良心有抱负的作家，他应该站得更高一些，看得更远一些。他应该站在人类的立场上进行他的写作，他应该为人类的前途焦虑或是担忧，他苦苦思索的应该是人类的命运，他应该把自己的创作提升到哲学的高度，只有这样的写作才是有价值的。一个作家，如果把自己的注意力放在研究政治的和经济的历史上，那势必会使自己的小说误入歧途，作家应该关注的，始终都是人的命运和遭际，以及在动荡的社会中人类感情的变异和人类理性的迷失。小说家并不负责再现历史也不可能再现历史，所谓的历史事件只不过是小说家把历史寓言化和预言化的材料。历史学家是根据历史事件来思想，小说家是用思想来选择和改造历史事件，如果没有这样的历史事件，他就会虚构出这样的历史事件。所以，把小说中的历史与真实的历史进行比较的批评，是类似于堂吉诃德对着风车作战的行为，批评者自以为神圣无比，旁观者却在一边窃笑。

这部书的腹稿我打了将近10年，但真正动手写作只用了不到90天。那是1994年的春天，我的母亲去世后不久，在高密东北乡一个狗在院子里大喊大叫、火在炉子里熊熊燃烧的地方，我夜以继日，醒着用手写，睡着用梦写，全身心投入3个月，中间除了去过两次教堂外，连大门都没迈出过，几乎是一鼓作气地写完了这部55万字的小说。写完了这部书，我的体重竟然增加了10斤。许多人都感到不可思议，我自己也感到不可思议。从此后我知道自己与众不同：别的作家写作时变瘦，我却因为连续写作而变胖。

22

我在美国出版的三本书

——在科罗拉多大学博尔德校区的演讲

　　这个题目要求我首先提到著名的汉学家、我的小说的翻译者葛浩文（HOWARDGOLDBLATT）教授，如果没有他杰出的工作，我的小说也可能由别人翻成英文在美国出版，但绝对没有今天这样完美的译本。许多既精通英语又精通汉语的朋友对我说：葛浩文教授的翻译与我的原著是一种旗鼓相当的搭配，但我更愿意相信，他的译本为我的原著增添了光彩。当然也有人对我说，葛浩文教授在他的译本里加上了一些我的原著中没有的东西，譬如性描写。其实他们不知道，我和葛浩文教授有约在先，我希望他能在翻译的过程中，弥补我性描写不足的缺陷。因为我知道，一个美国人在性描写方面，总是比一个中国人更有经验。我与葛浩文教授1988年便开始了合作，他写给我的信大概有一百多封，他打给我的电话更是无法统计，我们之间如此频繁地联系，为了一个目的，那就是把我的小说尽可能完美地译成英文。教授经常为了一个字、为了我在小说中写到的他不熟悉的一件东西，而与我反复磋商，我为了向他说明，不得不用我的拙劣的技术为他画图。由此可见，葛浩文教授不但是一个才华横溢的翻译家，而且还是一个作风严谨的翻译家，能与这样的人合作，是我的幸运。

我的第一本译成英文的书是《红高粱家族》，这本书在译成英文之前已经被现在中国著名的导演张艺谋改编成电影，并且在西柏林国际电影节上获得大奖，因为电影的关系，这本书知名度最高，在中国，爱好文学的人们提到我的名字，马上就会说：哦，红高粱！

其实，我可以毫不谦虚地说，小说《红高粱家族》在改编成电影之前，已经在当时的中国文坛引起了强烈的反响。首先是张艺谋借了我的光，然后我又借了他的光。

创作这部小说时，我还在大学的文学系学习。那是80年代初期，是中国当代文学的一个黄金时代，读者们阅读的热情很高，作者们创作的热情更高。那时人们已经不满足于写一个或者读一个用传统的手法写出来的故事，读者要求作家创新，作家在梦里都想着创新。曾经有一个评论家戏言，说中国的作家们就像一群被狼追赶着的羊，这匹狼的名字就叫创新。当时我刚从山沟里出来，连拨号电话都不会打，更没有文学理论素养，所以我的身后也没有创新的狼追赶。我躲在房子里，随心所欲地写着我自己的东西。现在我多少有了一点儿理论素养，我才知道，真正的创新绝不是一窝蜂地去追赶时髦，而是老老实实地写自己熟悉的东西。如果你是一个有着独特的经历和人生体验的人，你写出的东西就会跟别人的不一样，而所谓新，就是跟别人不一样；你只要写出了跟别人不一样的东西，你也就具备了自己的独特的风格，这就像歌唱一样，训练能够改变的仅仅是你的技巧，但不可能改变你的嗓音。无论怎样训练，乌鸦也不可能像夜莺一样歌唱。在前几次的演讲中，我曾经提到过我的童年生活，当城里的孩子吃着牛奶面包在妈妈面前撒娇时，我与我的小伙伴们正在饥饿中挣扎，我们根本不知道地球上有那么多美好的食物，我们吃的是草根与树皮，村子里的树被我们啃得赤身裸体；当城里的孩子在小学校里唱歌跳舞时，我正在草地上放牧牛羊，因为孤独，我养成了自言自语的习惯。饥饿和孤独是我的小说中的两个被反复表现的主题，也是我的两笔财富。其实我还有一笔更为宝贵的财富，这就是我在漫长的农村生活中听到的故事和传说。

1998年秋天，我在台湾访问时，曾经参加了一个座谈，座谈的题目是童年阅读经验，参加座谈的作家们童年时都读了很多书，他们童年时读过的书我至今也没读过。我说，我与你们不一样，你们童年时用眼睛阅读，我在童年时用耳朵阅读。我们村子里的人大部分是文盲，但其中有很多人出口成章、妙语连珠，满肚子都是神神鬼鬼的故事。我的爷爷、奶奶、父亲都是很会讲故事的人，我的爷爷的哥哥——我的大爷爷——更是一个讲故事大王。他是一个老中医，交游广泛，知识丰富，富有想象力。在冬天的夜晚，我和我的哥哥姐姐就跑到我的大爷爷家，围着一盏昏暗的油灯，等待他开讲。我的大爷爷下巴上生着雪白的长胡须，头秃得一根毛也没有，他的头和他的眼睛在油灯的照耀下闪闪发光。我们央求他："大爷爷，讲个故事吧……"他总是不耐烦地说："天天讲，哪里有那么多故事？走吧走吧，都回家睡觉去吧……"我们继续央求："讲个吧，大爷爷，就讲一个……"于是他就开讲。现在我能记起来的故事大概有300个，这些故事只要稍加改造就是一篇不错的小说，而我写出来的还不到50个，这些故事我这辈子是写不完的，而且，没写出来的故事远比我写出来的精彩，这就像一个卖水果的人总是想先把有虫眼儿的水果卖掉是一样的道理。这样精彩的故事不写出来实在是浪费，所以我准备在适当的时候把我大爷爷讲给我的故事卖掉一部分。

我大爷爷的故事大部分是用第一人称，讲的似乎都是他亲身经历的事，当时我们信以为真，后来才知道他是在随机创作。因为他是乡村医生，经常半夜三更出诊，这就为他创作故事提供了基础。他总是用这样的话开头："前天夜里，我到东村王老五家去给他老婆看病，回来时，路过那座小石桥，一个身穿白衣的女人坐在桥上哭泣。我问她，大嫂，深更半夜的，你一个妇道人家，独自一人，在这里哭什么？那个女人抬起头来——她可真是美丽极了，走遍天下也找不到第二个这样的美人了——这个美丽的女人说：'先生，俺的孩子病了，快要死了，你能去给他看看吗？'"我大爷爷说，高密东北乡哪有我不认识的女人？这个女人，肯定是个妖精。我大爷爷问：你家住在哪里？那女人指指桥下，说：在那里。我大爷爷说：行了，你别装人了，我知道你是桥下那条白鳝精。那个女人一看机关被拆穿，捂着嘴巴笑笑，说："又被你看穿了。"然后她一头扎到桥下去了。传说那座石桥下有一条像水桶那样粗的白鳝鱼，就是它变化成人来诱惑我的大爷爷。我们就问："大爷爷，你为什么不跟她去呢？既然她那样的美丽……"我大爷爷说："傻孩子们，我去了还能回来吗？"接着他又讲了一个故事：他说不久前的一个深夜里，来了一个人，牵着一头黑色的小毛驴，手里提着一盏红灯笼，说是家里有急病人。我的大爷爷医德很好，匆忙穿好衣服，跟着那人去了。我大爷爷说月亮出来了，那头黑色的小驴在月光下像光滑的丝绸一样闪闪发光，那人把我的大爷爷扶到驴上，说：先生，坐好了没有？我大爷爷说坐好了。那人就在驴屁股上拍了一掌。我大爷爷说，你们做梦也想不到那头小毛驴跑得有多么快，怎么个快法？只听到耳边的风呼呼地响，路两边的树一起向后倒了。我们感叹不已，这驴是够快了，跟火箭差不多。我大爷爷说，骑在这样的飞驴上，他知道大事不好了，肯定又碰到妖精了，但究竟是个什么妖精呢？暂时还不知道。我大爷爷打定了主意要看看这到底是个什么妖精。很快，毛驴从空中降落下来，落在了一片灯火辉煌的豪宅里。那个人把我大爷爷从驴上扶下来，然后出来一个白发苍苍的老太太，把我大爷爷引到病人的房间里，原来是一个产妇要生产。乡村医生都是全活，接生对我大爷爷来说也不是一件难事。于是我大爷爷就挽起袖子，给那个产妇接生。我大爷爷说那个产妇长得也很漂亮，走遍天下也找不到第二个这样的美人了——这是我大爷爷的习惯句式——这个产妇不但长得美，而且生育的能力惊人，我大爷爷刚接下一个毛茸茸的小孩，又一个小孩子露出头来，我大爷爷想：嗨，是对双胞胎！但又一个毛茸茸的小孩子露出头来，我大爷爷想原来是三胞胎，又有一个毛茸茸的小孩子露出头来，就这样一个一个又一个，一连生了8个。都是毛茸茸的，都拖着一条小尾巴，可爱极了！我大爷爷恍然大悟，大喊一声：狐狸！这一声喊不要紧，只听到一阵鬼哭狼嚎，眼前漆黑一片，我大爷爷情急之下，张嘴咬破了自己的中指——据说此法可辟邪——这才发现，自己竟然在一座坟墓里，眼前是一堆毛茸茸的小狐狸。大狐狸跑了。

　　除了听过大爷爷的故事，我的奶奶、我的父亲、我的那些有天才的乡亲，他们讲过的许多故事我都牢记在心。这些故事出自不同的讲述者之口，所以具有不同的风格。如果我把他们讲给我听的故事都讲一遍，今天这次演讲可能会跟中国的万里长城一样长，我必须讲我的书了。

《红高粱家族》好像是讲述抗日战争，实际上讲的是我的那些乡亲们讲述过的民间传奇，当然还有我对美好爱情、自由生活的渴望。在我的心中，没有什么历史，只有传奇。许多在历史上大名鼎鼎的人，其实也都是与我们一样的人，他们的英雄事迹，是人们在口头讲述的过程中不断地添油加醋的结果。我看过一些美国的评论家写的关于《红高粱家族》的文章，他们把这本书理解成一部民间的传奇，真是说到我的心坎里去了。我用最旧的方式讲述的故事，竟然被中国的评论家认为是最大的创新，我得意地笑了，我想，如果这就是创新，那创新实在是太容易了。

我的第二本被翻成英文的书是《天堂蒜薹之歌》，我写这本书是在1987年，这年的初夏，某省的一个县里发生了一件很大的事情，那个地方盛产蒜薹，因为官员的渎职和腐败，农民们收获的大量蒜薹卖不出去，成千上万斤的蒜薹都烂在家里。愤怒的农民们放火焚烧了县政府。这件事引起了很大的反响，报纸连篇累牍地作了报道。最后的结果是：那些官员们被撤职，而那些带头造反的农民被逮捕法办。这件事情激起了我的愤怒，因为我看起来是个作家，而骨子里还是个农民。于是我就用一个月的时间，写出了这部长篇小说。当然，我把这个故事发生的背景挪到了我的文学王国——高密东北乡。这部书实际上是一部饥饿之书，也是一部愤怒之书。写这部书时我更没有想到要创新，我只是感到满腔的愤怒要发泄，为了我自己，也为了广大的农民兄弟。但此书发表后，竟然还有评论家说我在创新，他们说此书使用了三个角度讲述了同一个故事，其中的一个人物是一个瞎子，他用他的歌唱把这个故事讲述了一遍，作家用客观的笔调把这个故事讲述了一遍，官方的报纸用他们的口吻把这个故事讲述了一遍。我们故乡的确有过那种像游吟诗人一样的歌唱者，他们多数是瞎子，一般的是3个人结成一个小组，有的拉琴，有的打鼓，有的歌唱，他们中的确有天才，能把眼前发生的事情编成歌词，随编随唱。我小时候对他们心怀崇敬，我认为他们都是真正的艺术家，我写《天堂蒜薹之歌》时，他们的沙哑苍凉的歌唱声一直在我的耳边回响。

第三本书就是最近出版的《酒国》，这本书动笔于1989年，完成于1992年，出版于1993年。此书出版后无声无息，一向喜欢喋喋不休的评论家全都沉默了。我估计这些叶公好龙的伙计们被我吓坏了。他们口口声声地嚷叫着创新，而真正的创新来了时，他们全都闭上了眼睛。《红高粱家族》和《天堂蒜薹之歌》我还有许多不满意的地方，如果重新写一遍，会写得更好一些，但对《酒国》，即便让我把它再写一遍，也不可能写得更好了。而且我还可以狂妄地说：中国当代作家可以写出他们各自的好书，但没有一个人能写出一本像《酒国》这样的书，这样的书只有我这样的作家才能写出。

因为我自己知道，尽管我的肉体已经是一个中年人，但我的心还跟当年听我的大爷爷讲故事时一样年轻。我只有在面对着镜子时，才知道自己已经老了，而当我面对着稿纸时，我就忘记了自己的年龄，我的心中充满了儿童的趣味，我疾恶如仇，我胡言乱语，我梦话连篇，我狂欢，我胡闹，我醉了。我不必多说了，请你们读读我和葛浩文（HOWARDGOLDBLATT）教授共同创造的《酒国》吧，这本书里的性描写全是我原著里就有的，不是葛浩文教授添加的。

接下来葛浩文教授要翻译我的《丰乳肥臀》，这本书像砖头一样厚，你可以不读我所有的书，但不能不读我的《丰乳肥臀》。在这本书里，我写了历史，写了战争，写了政治，写了饥饿，写了宗教，写了爱情，当然也写了性，葛浩文教授在翻译这本书时，大概会要求我允许他删掉一些性描写吧？但是我不会同意的，因为《丰乳肥臀》里的性描写是我的得意之笔，等到葛浩文教授把它翻译成英文时，你们就会知道，我的性描写是多么的精彩！

饥饿和孤独是我创作的财富

——在史坦福大学的演讲

23

　　每个作家都有他成为作家的理由，我自然也不能例外。但我为什么成了一个这样的作家，而没有成为像海明威、福克纳那样的作家，我想这与我独特的童年经历有关。我认为这是我的幸运，也是我在今后的岁月里还可以继续从事写作这个职业的理由。

　　从现在退回去大约40年，也就是20世纪的60年代初期，正是中国近代历史上一个古怪而狂热的时期。那时候我们虽然饿得半死，却认为自己是世界上最幸福的人，而世界上还有三分之二的人——包括美国人——都还生活在"水深火热"的苦难生活之中。而我们这些饿得半死的人还肩负着把你们从苦海里拯救出来的神圣责任。当然，到了80年代，中国对外敞开了大门之后，我们才恍然大悟、如梦初醒。

在我的童年时期，根本就不知道世界上还有照相这码事，知道了也照不起。所以我只能根据后来看到过的一些历史照片，再加上自己的回忆，来想象出自己的童年形象。我敢担保我想象出来的形象是真实的。那时，我们这些五六岁的孩子，在春、夏、秋三个季节里，基本上是赤身裸体的，只是到了严寒的冬季，才胡乱地穿上一件衣服。那些衣服的破烂程度是今天的中国孩子想象不到的。我相信我奶奶经常教导我的一句话，她说人只有享不了的福，但是没有受不了的罪。我也相信达尔文的适者生存学说，人在险恶的环境里，也许会焕发出惊人的生命力。不能适应的都死掉了，能够活下来的，就是优良的品种。所以大概地可以说，我也是一个优良的品种。那时候我们都有惊人的抗寒能力，连浑身羽毛的小鸟都冻得唧唧乱叫时，我们光着屁股，也没有感到冷得受不了。那时候你们如果到我们村子里去，一定可以看到一些或者光着屁股或者穿着单薄的破衣烂衫的孩子，在雪地里追逐打闹。我对当时的我充满了敬佩之情，那时我真的不简单，比现在的我优秀许多倍。那时候我们身上几乎没有多少肌肉，我们的胳膊和腿细得像木棍一样，但我们的肚子却大得像一个大水罐子。我们的肚皮仿佛是透明的，隔着肚皮，可以看到里边的肠子在蠢蠢欲动。我们的脖子细长，似乎挑不住我们沉重的头颅。

　　那时候我们这些孩子的思想非常单纯，我们每天想的就是食物和如何才能搞到食物。我们就像一群饥饿的小狗，在村子里的大街小巷里嗅来嗅去，寻找可以果腹的食物。许多在今天看来根本不能入口的东西，在当时却成了我们的美味。我们吃树上的叶子，树上的叶子吃光后，我们就吃树的皮，树皮吃光后，我们就啃树干。那时候我们村的树是地球上最倒霉的树，它们被我们啃得遍体鳞伤。那时候我们都练出了一口锋利的牙齿，世界上大概没有我们咬不动的东西。我的一个小伙伴后来当了电工，他的工具袋里既没有钳子也没有刀子，像铅笔那样粗的钢丝他毫不费力地就可以咬断，别的电工用刀子和钳子才能完成的工作，他用牙齿就可以完成了。那时我的牙齿也很好，但不如我那个当了电工的朋友牙齿好，否则我很可能是一个优秀的电工而不是一个作家。1961年的春天，我们村子里的小学校里拉来了一车亮晶晶的煤块，我们孤陋寡闻，不知道这是什么东西。一个聪明的孩子拿起一块煤，咯嘣咯嘣地吃起来，看他吃得香甜的样子，味道肯定很好。于是我们一拥而上，每人抢起一块煤，咯嘣咯嘣地吃起来。我感到那煤块越嚼越香，味道的确是好极了。看到我们吃得香甜，村子里的大人们也扑上来吃，学校里的校长出来阻止，于是人们就开始哄抢。至于煤块吃到肚子里的感觉，我已经忘记了，但吃煤时口腔里的感觉和煤的味道，至今还牢记在心。不要以为那时候我们就没有欢乐，其实那时候我们也还是有许多的欢乐。我们为发现了一种可以食用的物品而欢欣鼓舞。

这样的饥饿岁月大概延续了两年多，到了60年代中期，我们的生活好了起来，虽然还是吃不饱，但每人每年可以分到200斤粮食，再加上到田野里去挖一点野菜，基本上可以维持人的生命，饿死人的事越来越少了。

当然，仅仅有饥饿的体验，并不一定就能成为作家，但饥饿使我成为一个对生命的体验特别深刻的作家。长期的饥饿使我知道，食物对于人是多么的重要。什么光荣、事业、理想、爱情，都是吃饱肚子之后才有的事情。因为吃我曾经丧失过自尊，因为吃我曾经被人像狗一样地凌辱，因为吃我才发奋走上了创作之路。

当我成为作家之后，我开始回忆我童年时的孤独，就像面对着满桌子美食回忆饥饿一样。我的家乡高密东北乡是三个县交界的地区，交通闭塞，地广人稀。村子外边是一望无际的洼地，野草繁茂，野花很多，我每天都要到洼地里去放牛，因为我很小的时候已经辍学，所以当别人家的孩子在学校里读书时，我就在田野里与牛为伴。我对牛的了解甚至胜过了我对人的了解。我知道牛的喜怒哀乐，懂得牛的表情，知道它们心里想的什么。在那样一片在一个孩子眼里几乎是无边无际的原野里，只有我和几头牛在一起。牛安详地吃草，眼睛蓝得好像大海里的海水。我想跟牛谈谈，但是牛只顾吃草，根本不理我。我仰面朝天躺在草地上，看着天上的白云缓慢地移动，好像它们是一些懒洋洋的大汉。我想跟白云说话，白云也不理我。天上有许多鸟儿，有云雀，有百灵，还有一些我认识它们但叫不出它们的名字。它们叫得实在是太动人了。我经常被鸟儿的叫声感动得热泪盈眶。我想与鸟儿们交流，但是它们也很忙，它们也不理睬我。我躺在草地上，心中充满了悲伤的感情。在这样的环境下，我首先学会了想入非非。这是一种半梦半醒的状态。许多美妙的念头纷至沓来。我躺在草地上理解了什么叫爱情，也理解了什么叫善良。然后我学会了自言自语。那时候我真是才华横溢，出口成章，滔滔不绝，而且合辙押韵。有一次我对着一棵树在自言自语，我的母亲听到后大吃一惊，她对我的父亲说："他爹，咱这孩子是不是有毛病了？"后来我长大了一些，参加了生产队的集体劳动，进入了成人社会，我在放牛时养成的喜欢说话的毛病给我的家人带来了许多的麻烦。我母亲痛苦地劝告我："孩子，你能不能不说话？"我当时被母亲的表情感动得鼻酸眼热，发誓再也不说话，但一到了人前，肚子里的话就像一窝老鼠似的奔突而出。话说过之后又后悔无比，感到自己辜负了母亲的教导。所以当我开始我的作家生涯时，我自己为自己起了一个笔名：莫言。但就像我的母亲经常骂我的那样，"狗改不了吃屎，狼改不了吃肉"，我改不了喜欢说话的毛病。为此我把文坛上的许多人都得罪了，因为我最喜欢说的是真话。现在，随着年龄的增长，我的话说得越来越少，我母亲的在天之灵一定可以感到一些欣慰了吧？

我的作家梦想是很早时就发生了的，那时候，我的邻居是一个大学中文系的被打成右派、开除学籍、下放回家的学生。我与他在一起劳动，起初他还忘不了自己曾经是一个大学生，说起话来文绉绉的。但是严酷的农村生活和艰苦的劳动很快就把他那点儿知识分子的酸气改造得干干净净，他变成了一个与我一样的农民。在劳动的间隙里，我们饥肠辘辘，胃里泛着酸水。我们最大的乐趣就是聚集在一起谈论食物。大家把自己曾经吃过的或者是听说过的美食讲出来让大家享受，这是真正的精神会餐。说者津津有味，听者直咽口水。一个老头给我们讲当年他在青岛的饭馆里当堂倌时见识过的那些名菜，什么红烧肉啦，大烧鸡啦，我们眼睁睁地望着他的嘴巴，仿佛嗅到了那些美味食品的味道，仿佛看到了那些美味佳肴从天上飘飘而来。那个右派大学生说他认识一个作家，写了一本书，得了成千上万的稿费。他每天吃三顿饺子，而且还是肥肉馅的，咬一口，那些肥油就唧唧地往外冒。我们不相信竟然有富贵到每天都可以吃三次饺子的人，但大学生用蔑视的口吻对我们说：人家是作家！懂不懂？作家！从此我就知道了，只要当了作家，就可以每天吃三次饺子，而且是肥肉馅的。每天吃三次肥肉馅饺子，那是多么幸福的生活！天上的神仙也不过如此了。从那时起，我就下定了决心，长大后一定要当一个作家。

我开始创作时，的确没有那么崇高的理想，动机也很低俗。我可不敢像许多中国作家那样把自己想象成"人类灵魂的工程师"，更没有想到要用小说来改造社会。前边我已经说过，我创作的最原始的动力就是对于美食的渴望。当然在我成了名之后，我也学着说了一些冠冕堂皇的话，但那些话连我自己也不相信。我是一个出身底层的人，所以我的作品中充满了世俗的观点，谁如果想从我的作品中读出高雅和优美，他多半会失望。这是没有办法的事，什么人说什么话，什么藤结什么瓜，什么鸟叫什么调，什么作家写什么作品。我是一个在饥饿和孤独中成长的人，我见多了人间的苦难和不公平，我的心中充满了对人类的同情和对不平等社会的愤怒，所以我只能写出这样的小说。当然随着我的肚子渐渐吃饱，我的文学也发生了一些变化。我渐渐地知道，人即便每天吃三次饺子，也还是有痛苦，而这种精神上的痛苦其程度并不亚于饥饿。表现这种精神上的痛苦同样是一个作家的神圣的职责。但我在描写人的精神痛苦时，也总是忘不了饥饿带给人的肉体痛苦。我不知道这是我的优点还是我的缺点，但我知道这是我的宿命。

我最早的创作是不值一提的，但也是不能不提的，因为那是属于我的历史，也是属于中国当代文学的历史。我记得我写的最早的作品是写一篇挖河的小说，写一个民兵连长早晨起来，站在我们的毛主席像前，向他祈祷，祝愿他万寿无疆。然后那人就起身去村里开会，决定要他带队到外边去挖一条很大的河流。他的女朋友为了支持他去挖河，决定将婚期往后推迟三年。而一个老地主听说了这个消息，深夜里潜进生产队的饲养室，用铁锹把一头即将到挖河的工地上拉车的黑骡子的腿给铲断了。这就是阶级斗争，而且非常的激烈。大家都如临大敌，纷纷动员起来，与阶级敌人展开了激烈的斗争，最后河挖好了，老地主也被抓起来了。这样的故事今天是没人要看的，但当时中国的文坛上全是这样的东西。如果你不这样写，就不可能发表。尽管我这样写了，也还是没有发表。因为我写得还不够革命。

到了20世纪70年代末，我们的毛主席死了，中国的局面发生了变化，中国的文学也开始发生了变化。但变化是微弱而缓慢的，当时还有许多的禁区，譬如不许写爱情。但文学渴望自由的激情是压抑不住的，作家们挖空心思，转弯抹角地想突破禁区。这个时期就是中国的伤痕文学。我是80年代初期开始写作的，那时中国的文学已经有了很大的发展，所有的禁区几乎都突破了，西方的许多作家都介绍了过来，大家都在近乎发疯地摹仿他们。我是一个躺在草地上长大的孩子，没上几天学，文学的理论几乎是一窍不通，但我凭着直觉认识到，我不能学那些正在文坛上走红的人的样子，把西方作家的东西改头换面当成自己的。我认为那是二流货色，成不了大气候。我想我必须写出属于我自己的、跟别人不一样的东西，不但跟外国的作家不一样，而且跟中国的作家也不一样。这样说并不是要否定外国文学对我的影响，恰恰相反，我是一个深受外国作家影响并且敢于坦率地承认自己受了外国作家影响的中国作家，这个问题我想应该作为一个专门的题目来讲。但我比很多中国作家高明的是，我并不刻意地去摹仿外国作家的叙事方式和他们讲述的故事，而是深入地去研究他们作品的内涵，去理解他们观察生活的方式，以及他们对人生、对世界的看法。我想一个作家读另一个作家的书，实际上是一次对话，甚至是一次恋爱，如果谈得投机，有可能成为终身伴侣，如果话不投机，然后就各奔前程。

截至目前，在美国已经出版了我三本书，一本是《红高粱家族》，一本是《天堂蒜薹之歌》，还有一本就是刚刚面世的《酒国》。《红高粱家族》表现了我对历史和爱情的看法，《天堂蒜薹之歌》表现了我对政治的批判和对农民的同情，《酒国》表现了我对人类堕落的惋惜和我对腐败官僚的痛恨。这三本书看起来迥然有别，但最深层里的东西还是一样的，那就是一个被饿怕了的孩子对美好生活的向往。

24

福克纳大叔，你好吗？
——在加州大学伯克莱校区的演讲

　　前几天在史坦福大学演讲时，我曾经说过，一个作家读另一个作家的书，实际上是一次对话，甚至是一次恋爱，如果谈得成功，很可能成为终生伴侣，如果话不投机，大家就各奔前程。今天，我就具体地谈谈我与世界各地的作家们对话、也可以说是恋爱的过程。在我的心目中，一个好的作家是长生不死的，他的肉体当然也与常人一样迟早要化为泥土，但他的精神却会因为他的作品的流传而永垂不朽。在今天这种纸醉金迷的社会里，说这样的话显然是不合时宜——因为比读书有趣的事情实在是太多了——但为了安慰自己，鼓励自己继续创作，我还是要这样说。

　　几十年前，当我还是一个在故乡的草地上放牧牛羊的顽童时，就开始了阅读生涯。那时候在我们那个偏僻落后的地方，书籍是十分罕见的奢侈品。在我们高密东北乡那十几个村子里，谁家有本什么样的书我基本上都知道。为了得到阅读这些书的权利，我经常给有书的人家去干活。我们邻村一个石匠家里有一套带插图的《封神演义》，这套书好像是在讲述三千年前的中国历史，但实际上讲述的是许多超人的故事。譬如说一个人的眼睛被人挖去了，就从他的眼窝里长出了两只手，手里又长出两只眼，这两只眼能看到地下三尺的东西。还有一个人，能让自己的脑袋脱离脖子在空中唱歌，他的敌人变成了一只老鹰，将他的脑袋反着安装在他的脖子上，结果这个人往前跑时，实际上是在后退，而他往后跑时，实际上是在前进。这样的书对我这样的整天沉浸在幻想中的儿童，具有难以抵御的吸引力。为了阅读这套书，我给石匠家里拉磨磨面，磨一上午面，可以阅读这套书两个小时，而且必须在他家的磨道里读。我读书时，石匠的女儿就站在我的背后监督着我，时间一到，马上收走。如果我想继续阅读，那就要继续拉磨。那时在我们那里根本就没有钟表，所以所谓两个小时，全看石匠女儿的情绪，她情绪好时，时间就走得缓慢，她情绪不好时，时间就走得飞快。为了让这个小姑娘保持愉快的心情，我只好到邻居家的杏树上偷杏子给她吃。像我这样的馋鬼，能把偷来的杏子送给别人吃，简直就像让馋猫把嘴里的鱼吐出来一样，但我还是将得来不易的杏子送给那个女孩，当然，石匠的女儿很好看也是一个重要的原因。总之，在我的童年时代，我付出了巨大的代价，把我们周围那十几个村子里的书都读完了。那时候我的记忆力很好，不但阅读的速度惊人，而且几乎是过目不忘。至于把读书看成是与作者的交流，在当时是谈不上的，当时是纯粹地为了看故事，而且非常地投入，经常因为书中的人物而痛哭流涕，也经常爱上书中那些可爱的女性。

我把周围村子里的十几本书读完之后，十几年里，几乎再没读过书。我以为世界上的书就是这十几本，把它们读完，就等于把天下的书读完了。那一段时间我在农村劳动，与牛羊打交道的机会比与人打交道的机会多，我在学校里学会的那些字也几乎忘光了。但我的心里还是充满了幻想，希望能成为一个作家，过上幸福的生活。我15岁时，石匠的女儿已经长成了一个很漂亮的大姑娘，她扎着一条垂到臀部的大辫子，生着两只毛茸茸的眼睛，一副睡眼蒙眬的样子。我对她十分着迷，经常用自己艰苦劳动换来的小钱买来糖果送给她吃。她家的菜园子与我家的菜园子紧靠着，傍晚的时候，我们都到河里担水浇菜。当我看到她担着水桶、让大辫子在背后飞舞着从河堤上飘然而下时，我的心里百感交集。我感到她是地球上最美丽的人。我跟在她的身后，用自己的赤脚去踩她留在河滩上的脚印，仿佛有一股电流从我的脚直达我的脑袋，我心中充满了幸福。我鼓足了勇气，在一个黄昏时刻，对她说我爱她，并且希望她能嫁给我做妻子，她吃了一惊，然后便哈哈大笑。她说："你简直是癞蛤蟆想吃天鹅肉！"我感到自尊心受到了沉重的打击，但痴心不改，又托了一个大嫂去她家提亲。她让大嫂带话给我，说我只要能写出一本像她家那套《封神演义》一样的书她就嫁给我。我到她家去看她，想对她表示一下我的雄心壮志，她不出来见我，她家那条凶猛的大狗却像老虎似的冲了出来。前几天在史坦福演讲时我曾经说是因为想过上一天三次吃饺子那样的幸福日子才发奋写作，其实，鼓舞我写作的，除了饺子之外，还有石匠家那个睡眼蒙眬的姑娘。我至今也没能写出一本像《封神演义》那样的书，石匠家的女儿早已经嫁给铁匠的儿子并且成了3个孩子的母亲。

我大量地阅读是我在大学的文学系读书的时候，那时我已经写了不少很坏的小说。我第一次进了学校的图书馆时大吃一惊，我做梦也没想到，世界上已经有这么多人写了这么多书。但这时我已经过了读书的年龄，我发现我已经不能耐着心把一本书从头读到尾，我感到书中那些故事都没有超出我的想象力。我把一本书翻过十几页就把作者看穿了。我承认许多作家都很优秀，但我跟他们之间共同的语言不多，他们的书对我用处不大，读他们的书就像我跟一个客人彬彬有礼地客套，这种情况直到我读到福克纳为止。

我清楚地记得那是1984年的12月里一个大雪纷飞的下午，我从同学那里借到了一本福克纳的《喧哗与骚动》，我端详着印在扉页上穿着西服、扎着领带、叼着烟斗的那个老头，心中不以为然。然后我就开始阅读由中国的一个著名翻译家写的那篇漫长的序文，我一边读一边欢喜，对这个美国老头许多不合时宜的行为我感到十分理解，并且感到很亲切。譬如他从小不认真读书，譬如他喜欢胡言乱语，譬如他喜欢撒谎，他连战场都没上过，却大言不惭地对人说自己驾驶着飞机与敌人在天上大战，他还说他的脑袋里留下一块巨大的弹片，而且因为脑子里有弹片，才导致了他的烦琐而晦涩的语言风格。他去领诺贝尔奖金，竟然醉得连金质奖章都扔到垃圾桶里，肯尼迪总统请他到白宫去赴宴，他竟然说为了吃一次饭跑到白宫去不值得。他从来不以作家自居，而是以农民自居，尤其是他创造的那个"约克纳帕塔法县"更让我心驰神往。我感到福克纳像我的故乡那些老农一样，在用不耐烦的口吻教我如何给马驹子套上笼头。接下来我就开始读他的书，许多人都认为他的书晦涩难懂，但我却读得十分轻松。我觉得他的书就像我的故乡那些脾气古怪的老农的絮絮叨叨一样亲切，我不在乎他对我讲了什么故事，因为我编造故事的才能决不在他之下，我欣赏的是他那种讲述故事的语气和态度。他旁若无人，只顾讲自己的，就像当年我在故乡的草地上放牛时一个人对着牛和天上的鸟自言自语一样。在此之前，我一直还在按照我们的小说教程上的方法来写小说，这样的写作是真正的苦行。我感到自己找不到要写的东西，而按照我们教材上讲的，如果感到没有东西可写时，就应该下去深入生活。读了福克纳之后，我感到如梦初醒，原来小说可以这样地胡说八道，原来农村里发生的那些鸡毛蒜皮的小事也可以堂而皇之地写成小说。他的约克纳帕塔法县尤其让我明白了，一个作家，不但可以虚构人物，虚构故事，而且可以虚构地理。于是我就把他的书扔到了一边，拿起笔来写自己的小说了。受他的约克纳帕塔法县的启示，我大着胆子把我的"高密东北乡"写到了稿纸上。他的约克纳帕塔法县是完全地虚构，我的高密东北乡则是实有其地。我也下决心要写我的故乡那块像邮票那样大的地方。这简直就像打开了一道记忆的闸门，童年的生活全被激活了。我想起了当年我躺在草地上对着牛、对着云、对着树、对着鸟儿说过的话，然后我就把它们原封不动地写到我的小说里。从此后我再也不必为找不到要写的东西而发愁，而是要为写不过来而发愁了。经常出现这样的情况，当我在写一篇小说的时候，许多新的构思就像狗一样在我身后大声喊叫。

后来，在北京大学举行的福克纳国际研讨会上，我认识了一个美国大学的教授，他就在离福克纳的家乡不远的一所大学教书。他和他们的校长邀请我到他们学校去访问，我没有去成，他就寄给我一本有关福克纳的相册，那里边，有很多珍贵的照片。其中有一幅福克纳穿着破衣服、破靴子站在一个马棚前的照片。他的这副形象一下子就把我送回了我的高密东北乡。他让我想起了我的爷爷、父亲和许多的老乡亲。这时，福克纳作为一个伟大作家的形象在我的心中已经彻底地瓦解了，我感到我跟他之间已经没有了任何距离，我感到我们是一对心心相印、无话不谈的忘年之交。我们在一起谈论天气、庄稼、牲畜，我们在一起抽烟喝酒，我还听到他对我骂美国的评论家，听到他讽刺海明威，他还让我摸了他脑袋上那块伤疤，他说这个疤其实是让一匹花斑马咬的，但对那些傻瓜必须说是让德国的飞机炸的。然后他就得意地哈哈大笑，他的脸上布满顽童般的恶作剧的笑容。他告诉我一个作家应该大胆地、毫无愧色地撒谎，不但要虚构小说，而且可以虚构个人的经历。他还教导我，一个作家应该避开繁华的城市，到自己的家乡定居，就像一棵树必须把根扎在土地上一样。我很想按照他的教导去做，但我的家乡经常停电，水又苦又涩，冬天又没有取暖的设备，我害怕艰苦，所以至今没有回去。

我必须坦率地承认，至今我也没把福克纳那本《喧哗与骚动》读完，但我把那本美国教授送我的福克纳相册放在我的案头上，每当我对自己失去了信心时，就与他交谈一次。我承认他是我的导师，但我也曾经大言不惭地对他说："嗨，老头子，我也有超过你的地方！"我看到他的脸上浮现出讥讽的笑容，然后他就对我说："说说看，你在哪些地方超过了我。"我说，"你的那个约克纳帕塔法县始终是一个县，而我在不到十年的时间内，就把我的高密东北乡变成了一个非常现代的城市。在我的新作《丰乳肥臀》里，我让高密东北乡盖起了许多高楼大厦，还增添了许多现代化的娱乐设施。另外，我的胆子也比你大，你写的只是你那块地方上的事情，而我敢于把发生在世界各地的事情，改头换面地拿到我的高密东北乡，好像那些事情真的在那里发生过。我的真实的高密东北乡根本就没有山，但我硬给它挪来了一座山，那里也没有沙漠，我硬给它创造了一片沙漠，那里也没有沼泽，我给它弄来了一片沼泽，还有森林、湖泊、狮子、老虎……都是我给它编造出来的。近年来不断地有一些外国学生和翻译家到高密东北乡去看我在小说中描写过的那些东西，他们到了那里一看，全都大失所望，那里什么也没有，只有一片荒凉的平原，和平原上的一些毫无特色的村子"。福克纳打断我的话，冷冷地对我说，"后起的强盗总是比前辈的强盗更大胆！"

我的高密东北乡是我开创的一个文学的共和国，我就是这个王国的国王。每当我拿起笔写我的高密东北乡故事时，就饱尝到了大权在握的幸福。在这片国土上，我可以移山填海，呼风唤雨，我让谁死谁就死，让谁活谁就活。当然，有一些大胆的强盗也造我的反，而我也必须向他们投降。我的高密东北乡系列小说出笼后，也有一些当地人对我提出抗议，他们骂我是一个背叛家乡的人，为此，我不得不多次地写文章解释。我对他们说：高密东北乡是一个文学的概念而不是一个地理的概念，高密东北乡是一个开放的概念而不是一个封闭的概念，高密东北乡是在我童年经验的基础上想象出来的一个文学的幻境，我努力地要使它成为中国的缩影，我努力地想使那里的痛苦和欢乐，与全人类的痛苦和欢乐保持一致，我努力地想使我的高密东北乡故事能够打动各个国家的读者，这将是我终生的奋斗目标。

现在，我终于踏上了我的导师福克纳大叔的国土，我希望能在繁华的大街上看到他的背影，我认识他那身破衣服，认识他那只大烟斗，我熟悉他身上那股混合着马粪和烟草的气味，我熟悉他那醉汉般的摇摇晃晃的步伐。如果发现了他，我就会在他的背后大喊一声："福克纳大叔，我来了！"

25 寻找红高粱的故乡
——大江健三郎与莫言的对话

（山东省高密莫言家）

大江：我已经去过莫言先生降生的、以前的那个家了。在那个田间小屋里，莫言先生给我作了详细的解说。他在谈话中说到了对自己小时候的回忆，也说了回忆起来的小动物等等有趣的话题。听了这些详细的解说，生长于农村的少年莫言能成就现在的文学造诣就比较好理解了。我也再次思考了自己是如何成为小说家这一问题。在他出生的老屋那里，我们一进老屋的玄关，就说要打开正面的窗户。莫言先生打开了窗户，对面是为加固而砌起来的砖块。他说，对面的河流曾经发过大洪水。在莫言的早期作品《秋水》里，写到了发了大洪水的场面。我在读了以后产生了一些不能理解的地方，比如你写到洪水变得像马头一样。我当时想那可能是说洪水的高度和马头差不多吧。直到你对我说起了你小时候记忆中的洪水，解释了马头的含义，我才在眼前真的看到了一个眺望洪水的少年的背影。同时，我觉得自己理解了你的文学。你能再次解释一次马头的含义吗？

莫言：带你们到这么一个偏僻的地方来，我心里忐忑不安。我在想大江先生到这里来，会不会觉得一点意思都没有呢？直到你刚才说有很大收获，我才松了一口气。你能千里迢迢飞越大洋，来到中国偏僻的农村高密东北乡，这种力量肯定是来自于文学。也说明我们两个人的人生起点和文学的起点有很多相似之处——你说你的人生开始于日本四国一个被森林包围着的小村庄，我也很有同感。我的起点就是你们今天看到的这几间又矮又旧的老屋。后面曾经有河水流淌、前面是一望无际的田野。我与河流的关系非常密切。刚才大江先生讲到我在小说中写河水像马头一样冲过来，在我们这里把这种现象叫做"河水头"。每年的夏秋季节，只要上游地区下了大暴雨，过那么半天或一天的时间，洪水就顺着河道流到我们这里来了。我们首先会听到很远的地方传来的隆隆隆隆的响声，然后孩子们就往河堤上跑，看着河水仿佛从天边沿着河道滚滚涌来。河水头比河面要高出许多，就像一群扬着鬃毛狂奔的烈马，所以说河水像马头一样冲过来。河水头一过，水面一下就会涨上来与岸齐平。这时候的河水全是浑浊的黄色，因为带了上游大量的泥沙下来。这是孩子们欢天喜地的时候，有些水性比较好的小孩子在河堤上观望，看着河里漂下来的东西。有时候河里漂下一棵树，也许是一棵果树，树上还挂着果实。有时候漂下一棵玉米来。我记得有一年河里漂下来一个西瓜，在水里滚来滚去，孩子们就争先恐后地跳下河去，水性最好的那个孩子把西瓜捞上来，大家就在河边把西瓜分着吃掉了。河水不单为我们提供了食物，而且后来也给我提供了文学灵感。有河的地方肯定是文明产生的地方，也是文学产生的地方。紧挨着河流是一片草原和荒地，这与你刚才提到的《透明的红萝卜》也有关系。其实是因为河水太大了为了保卫村庄，大家就在河对岸——对岸是一片洼地——修建了一个滞洪闸，在河堤上修了几十个涵洞然后用闸闸住。平常河面很低的时候就让水沿着河床往下流，而一旦河水涨到要威胁村庄安全的时候就把闸门拉起来让洪水流到荒地里去，这就减轻了河堤的压力，保卫了村庄。读者可能也知道，我写的《透明的红萝卜》里有一段个人的亲身经历。我十一二岁的时候在滞洪闸上当过小工，那还是在中国的人民公社时期，50个村庄里每一个村选出十几个人，集中起来有300人左右，全都住在桥洞里面，每天拉来石头修建滞洪闸。因为必须用铁钻把石头刨成平面，所以需要一个铁匠，而我当时就在铁匠的手下做小工，他打铁我给他拉风箱，烧那个铁钻。那是我的一段亲身经历。几十年以后当我写完《透明的红萝卜》，回到家乡又到那个涵洞下面去看了看。那时我发现这个涵洞和我记忆中的涵洞全然不同：在一个孩子的记忆里，那个涵洞高大宏伟，但是当我故地重游时才发现那个涵洞原来是这么矮小，一伸手就可以摸到顶。所以我想童年记忆里的很多事物都被自己放大了，所以童年的记忆如果用真实来衡量的话是不可靠的，但是从文学的角度来看它却是非常有意思的。

　　大江：在我看来，河流是从其他的世界，也就是从异界通往自己生存的地方的通路。尽管也还有通往森林的通路，但是我总觉得只有河流这个通路才能让人造访一下天国、献一献花之类的。我坚信日常生活中的真实是在生活的时间中浮现出来的。说到对于祖先的信仰，我太太的哥哥伊丹十三先生五年前去世了。尽管他死了，我写的小说还是仿佛他仍然活在现实中，并且还在参与我的日常生活一样。我写的这一本书去年出版了。我觉得作品写出了死与生的日常性，以及非常深刻的悲痛。现在，在桃树林中看到莫言先生和先祖相会，我体会到一些与我在日本都市中写的事物十分相似的东西。而且我似乎也找到了还是日本农村人的我自己。在文学中，洪水是很大的一个主题。在我最早写的长篇小说《掐去病芽，勒死坏种》里，爆发的大洪水使得一个村子与其他的市镇和村庄隔绝起来。我在小说里写了孩子们如何在村里生活、如何与朋友对立等等事情。但我从未考虑过为什么写作时非要写上发洪水小说才能行得通。刚才听了你的谈话，我突然明白了一点：我写的洪水和我少年时代经历过的日本的战争密不可分。只有被卷入大战、打着仗，并且觉得离绝望不远的孩子们才能明白这一点。同时我还感觉到，因为我终究是个农村人，所以对洪水抱有与生俱来的恐惧。还有一点，在继续叙述这样的大题目的同时，也想起了在我体内生了根的孩提时代对洪水的一些具体的回忆。因为战争时期没有粮食，于是大家想法子挖了野菜的球状根茎，磨成淀粉，用水洗去毒素，把它当粮食。我叔叔和妈妈办了个小工厂，屋子里放置了保存淀粉的桶。那些桶顺着河滩摆成一排。但是因为洪水来了就顺着水一只一只被冲走了，那发生在夜里。发现以后，我在水里一边游一边拖回一两只桶来。但是下水那一刹那，我身上被像草刺儿那样的东西扎了，觉得特别疼。我想是因为这件事一直在我脑海里盘桓，我才会把它写进小说中去。这样一来，我越来越觉得你和我都是农村小孩转变成的作家。然而，尽管本人常用"我"这一人称写自己的事情，却没有能够像你一样把自己儿童时代的经历大量地写出来。莫言的作品中有一部可以称得上和《秋水》并称早期杰作的作品《透明的红萝卜》，我来到高密县真的看到了里面描述的景象，既有大河，也有调节水位的闸门。你少年时代好像也在那里劳动过，作品里提到说那里有个被人称为"黑孩子"的少年，是个不可思议的孩子，浑身洋溢着男孩子的生命力。作品里也描写了人民公社的生活。你就这样把你少年时代的记忆发挥出来，以人民公社为主题，用非常现实主义的手法，创造出甚至超越了魔幻现实主义的真实的形象，由此形成了莫言的世界。

莫言：我在刚开始创作的时候，有一段时间很苦闷，因为我觉得找不到东西可写。我看报纸听广播，到处收集素材，但是觉得什么都不好用。我曾经在部队当过保密员，那时候我甚至想从保密文件里找到一些普通老百姓不知道的东西写进小说，可是后来发现这样也不行。到了1984年，我写了一篇小说，就是你刚才讲到的《秋水》，文中出现了高密东北乡这个字眼，出现了河流，出现了无边无际的洪水，我一下子感到自己少年时期的生活被激活了。《秋水》之后，还写了一篇叫《白狗秋千架》的小说，其中也写到了玉米地、河流。《秋水》写出来以后试着投了三家刊物，都被拒绝了，后来是发表在河南省的一家刊物上。发表以后有几个评论家说好，说很有意思。于是我的自信心受到了鼓舞——原来这些东西都可以写到小说里去，而且大家还说好。我觉得我一下子打开了通往小说宝库的大门，我童年的记忆被激活了，闸门一开，河水滚滚而来。说到少年时期的记忆，我想肯定与我们村所处的地理环境有关。我们村是在三县交界的地方，这三个县分别是胶县、高密、平度。七八十年前，这里的人口很少，我的爷爷奶奶、曾祖父母从县城搬到这里来的时候，村子里只有三户人家，当时名叫大栏村。因为处在三县交界的地方，所以三个县都不管，只有一片荒地，地势又都很低洼，老百姓就到这里放牧牛羊，所以都管这个村叫大栏。60年代的时候，这里的水流特别大。我六七岁时印象最深的事情，就是一推开我家的后窗就能看到浑浊的河水滚滚东去。发洪水的时候，河水比我们家的屋顶还要高。但凡有劳动力的家庭都要出人在河堤上守护，抱着被子、抱着墙上搬下来的砖头，甚至抱着刚摘下来的葫芦、冬瓜，随时准备往出现缺口的地方填东西补缺。我站在我们家窗口看着滔滔的洪水觉得既恐怖又壮观。还有一个深刻的印象就是青蛙的叫声。到夜晚的时候，村子外边的田野里，成千上万的青蛙一起鸣叫，震耳欲聋，简直就是青蛙的大合唱。洪水和青蛙的叫声是我童年时期的两大记忆。

大江：小说家把自己童年的记忆加深，再加上自己的记忆和想象力，使得自身能够在童年的自己和成人的自己之间自由移动，这是小说家应有的能力。从这一点上，我看到了莫言先生作为小说家的特点，也看到了我们的共通性。但听你说的话里面提到小学的时候为了修堤坝劳动，又在铁匠铺当小工等等，这是普通人家的小孩子不大会经历的事情。莫言先生家里也不像是特别贫穷的。那个时代的孩子为什么会到铁匠铺里劳动呢？这对小说家来说倒是很好的过去，因为多少可以积累一些人生经验。

莫言：在那个时代里，你挣的工分多一点就能多分得一些东西，挣的工分少就得不到什么。"文革"的时候我没有能够上学是因为政治的原因。所有的人被分为地主、富农、贫农、贫下中农这样的阶层，地主和富农的孩子肯定是不能上学的，小学都不允许上。中农的孩子可以读到初级中学，极少数的可以读完高中。只有贫农和贫下中农的孩子才可以读到高中甚至大学。我之所以没有能够上中学，第一点是因为我们家是中农而且是中农靠上的成分，虽然本来是团结的对象，但因为我在学校里表现得不太好，"文革"期间老是跟老师调皮捣蛋、造反、给老师写小字报，结果就被剥夺了上学的权利。当时我也很苦闷，十一二岁的小孩儿都在学校里面读书玩耍，而我只能一个人牵着一头牛、赶着两只羊，在荒原上河道里放牧，觉得特别孤独。当然后来这些变成了我小说里的素材，是我创作的财富，但是当时精神上是非常苦闷的。后来我的小说里出现了那么多大自然里的动物、青蛙的叫声、鸟的叫声以及牛、马、骡子、河水等等事物，可能就是因为我没有能够上中学。假如上了中学接着再顺利地上了大学，如果现在还是当作家的话，我写的作品可能跟现在的风格不会一样。童年的生活尽管十分艰苦，很贫困，但是乐趣很多。比如我每天在桥梁工地上，仍旧是感到欢天喜地的。工地上那么多大人，有男女青年，在休息的时候有人唱戏，有人摔跤，所以尽管我饿得要命，但还是打闹着快活着。"文革"期间政治上十分黑暗，人与人之间的关系非常紧张，阶级斗争搞得特别离谱，可以说是人人自危，有时候一句话说得不好，就可能招来祸殃。大人们心里都很沉重。但是孩子们还是生机勃勃，拿着铁皮卷的喇叭，沿街高喊政治口号，把喉咙都喊哑了。我当然希望童年能吃得好一些，穿得好一些，受到更好的教育，但从文学的角度来讲，没有受完整的教育，吃不好，穿不暖，15岁以前光着屁股，参加了一些不应该是孩子参加的劳动，这些独特经历，就成为了创作的财富。对一个作家来讲，童年少年时期非常重要，而且命运的力量比教育的力量要大得多。如果不是命运把我降生在这样一个村庄，如果不是把我放在那么艰苦的条件之下，我的想象力无论多么丰富，也不可能写出《透明的红萝卜》那样的作品。

大江：我看了莫言先生的小说，想到的也是命运这个问题。你作为农村的孩子生长在"文化大革命"这样的时代，现在则一边关注中国的现状一边坚持写作。这真的只能说是作为中国人活着的莫言先生的命运。我也愿意相信这一命运就是莫言先生的文学。看看过去，"文革"时代有很多从都市来的被称作是下放青年的人来到地方，因此农村一下子有了很多的知识人。那些人里面也出了作家。我也读过他们的作品。但是，从都市来的"文革"时代被迫害的知识分子和作家，与生长于农村、长大后开始写作的莫言的文学完全不同。你这样的作家，也许在中国只有你一个，全世界也只有你一个。

莫言：中国确实有一个知识青年作家的群体，他们就是在"文革"初期的时候从北京、上海等城市下放到农村的年轻学生。我们村里就有很多从青岛下放来的知识青年。这些知识青年里面有一部分后来开始写作，也写农村生活。这些人是80年代文坛上最为活跃的一个群体，直到现在，他们还是很活跃。您认识的许多中国作家就是这样的出身。我后来认真比较了一下，我跟他们的主要区别在于出身。知识青年作家在农村确实也吃不饱，也从事着繁重的体力劳动，但他们感受到的物质生活的贫困程度跟我们感受到的是不一样的，然而尽管他们可以把农村生活也写得凄凄惨惨的，但是他们不了解农民的思维方法，因为他们不是农民，而是城市里的孩子。在城里长到十六七岁的时候才下到农村，眼前的生活和他过去的生活产生了强烈的对比，所以他们精神上的痛苦比我们深重得多。而我们农民生来就在这个地方，没有见过外面繁华的世界，所以我们本身也没感到生活有多么痛苦，我们认为生活本来就是这个样子的，天经地义。我们甚至还认为自己生活在一个最幸福最美满的地方，而世界上许多人，都比我们痛苦，都生活在水深火热之中，需要我们去解救他们。所以即使我在小说里写痛苦，但是里面还是有一种狂欢的热闹的精神。就像你在《万延元年的足球队》里面写的东西。我看了那部作品以后，就觉得那与我们在"文革"时期一帮孩子今天组织一个战斗队明天组织一个战斗队、来回乱跑乱窜乱革命很相似。知识青年作家们可能就体会不到这一点，他们好比从天堂一下子坠入到地狱，痛苦得不能再痛苦，已经感受不到什么生活的乐趣了。还有就是他们的思维方法还是城市人的思维方法，甚至是一种小知识分子的思维方法，我们则完全是农民的思维方法。60

年代的时候雨水很多，阴雨连绵，农民看见今天又下雨，就会很焦虑，会想南边那块玉米地要涝了，北边那块地瓜也要涝死了，那我今年年底可能要没饭吃，因为从生产队分到的粮食会非常少等等。但是知识青年就不会这样想，他们看见下雨就会特别高兴，想今天又可以不出工了，又可以在家里休息，看书，或是打扑克。所以我跟知识青年作家的区别在于，我了解农民，我知道农民碰到某一个事物时会怎么想，而他们是不同的。

大江：我虽然不是农民的孩子，但生在农村。我非常想清晰地用某种形式表达农村生活里带有的一种积极的东西、某种活力、一种强大的力量——用你的话说就是生命力——这就是我的文学。当年，我没有继续在农村住下去而是去了东京，成了东京大学的学生，学习法国文学。当我把这一点当做自己的人生问题重新回头考虑时，总是不由自主地想要把自己求学、而后在学生生活中体验各种经历并且开始作家生活的种种，与莫言先生参军在军队中开始文艺活动成为作家这一经历相提并论。我非常赞同日本宪法里规定的不允许抱有战争目的的军事力量这一思路，那也是我的想法。但是因为我是这样坚持写作的人，又觉得不得不把大学比作是我的军队，我在那里受训成长。日本的听众会觉得这样自相矛盾的言语特别滑稽吧。我最初丝毫没有要放弃农村生活——那种充满欢乐的生活——从可以说是我幼年的天堂的村庄离开、去东京成为作家的打算。当时仅仅是什么东西让我疏远了农村，让我下决心要尝试以前从未接受过的学问的训练。那时候我相当痛苦，因为原来几乎没有怎么好好学习过，去了东京以后也没有通过大学的入学考试，就只好在那里打起了工。每天苦恼度日。想起那样的生活，我想问莫言是怎样参加了解放军？又是如何写出了最初的优秀短篇小说集的呢？

莫言：当兵是我人生经历中的一个重大的转折。在农村也不是不可能搞文学创作，但是会非常艰难。首先，你白天要参加繁重的体力劳动，经常戴着星星出发，顶着月亮回家。有的时候中午饭就在田野里吃。回家以后累得只想睡觉，根本没有精力去写作。当时我们农村是没有电的，只能点着很小的油灯看书写字。而且油也是凭票供应，每家每月一斤，点完就没有了。火柴也是供应的，每月每户两盒。纸张、墨水就更少了。所以说在农村搞创作需要极大的毅力和吃苦耐劳的精神。一个人在基本的生活都得不到保证的时候，首先要考虑的是想办法吃饱、想办法穿暖这些问题，然后才可能是从事艺术活动。然而部队为我提供了这种在农村生活下去不会有的可能性。还有就是当时的农村青年把当兵看成是一件非常光荣的事，现在我们家门口还挂着"光荣人家"的标牌，就是因为我参军当了兵的缘故。那时候地主还有富裕家庭出来的孩子是根本不可能参军当兵的，因为他们属于阶级敌人的后代。中农的孩子从理论上讲是可以当兵的，但实际上却十分困难，因为村里有几十个上百个贫农雇农的孩子——那是真正的革命力量——准备要参军当兵，每个村庄每年顶多征一两个士兵，那么要从一百个几十个孩子中选出一两个孩子，出身三代贫农的家庭都不一定轮得上，所以在正常情况下一个中农的孩子要想当兵几乎是不可能的。那时候大学已经停止招生了，我成绩再好，即使是天才也不可能去上大学；当工人也不可能轮到我；如果我能当兵，凭我的写作才华，凭我的在农村劳动多年不怕吃苦的精神，也许还能闯出一条路来。当时我确实也没想到到了部队我要写作，要成为作家等等，也没有把当兵看做是当作家的阶梯。我只是认为当兵能改变我的命运，能离开农村，到一个广阔的天地里施展我的才能。我记得你在一篇文章里讲过，20世纪作家的一个共同的特点就是要千方百计地摆脱他的故乡。对此我深有同感。当时我想，如果有朝一日能离开这个村庄，我永远都不想再回来了，所以我18岁那年就报名参军，结果身体合格，什么都合格，只是政审不合格，家庭成分太高。19岁那年又去，还是不行；20岁那年再去，还是不行。一直到1976年我21岁，那是年龄期限的最后一年，当时我们村里的支部书记、民兵连长都到遥远的水利工地劳动去了，我在一家棉花加工厂做临时工，利用这个机会钻空子，找了朋友走了后门，才当上了兵走了。我记得民兵连长来给我送录取通知书的时候，满脸冰霜，还离我挺远就扔下通知书走了。我当兵走的时候，很多贫农在街上大骂，"我们贫下中农的孩子当不了兵，竟然让一个老中农的孩子当了兵！这是什么世道？阶级斗争还搞不搞了？"所以我当时想赶快走，走得越远越好，我感到一种威胁，感到这个村庄伸出无数双手要把我拖回来。所以我上了军车以后，希望车一直往前开，一直往前开，结果只开了几个小时它就停住了，说到了，我一看是在黄县，离我的家乡才三百多里路。这时我心里面真是忐忑不安，我想最好去西藏、去新疆、去云南，去一个非常遥远的地方，到这些人伸手不可及的地方去才好。果然后来就发生了一件事印证了我的不安。到了部队以后，新兵连要经过一个阶段的训练，然后再分配到部队去。有一天新兵连的指导员把我叫到他的办公室，拿出一封信给我看。我一看完，全身冷汗都冒出来了，这是一封告状信，说这个人家庭出身不好，他们家还有海外关系，说我的一个堂叔在台湾国民党军队里，说我是混入革命队伍里的一个坏人等等。我当时差点给指导员跪下了，说你千万别让我回去，如果让我回去，我就完蛋了。他说我把你叫来就是告诉你有这么一件事，就是让你珍惜这个机会，你要加倍努力，好好干。因为他自己也是中农出身，当年也有人写过告状信，所以他没有为难我。我当时眼泪也流下来了，汗水也出来了，向他保证我一定要干出个样子来。新兵训练结束以后，我被分到了一个单位，这个单位人很少，只有十几个人。营房就在老百姓的玉米地、牛圈旁边，跟我的村庄差不多的地方，每天就是站两班岗，白天一班，晚上一班。站岗时，我的脑子里胡思乱想，想过去对文学的爱好，想我自己写作的才能等等，于是就开始手痒起来，想写东西。这时候正好是1976年，毛泽东去世了，"四人帮"也粉碎了，文学也复苏了，当时一个短篇小说写得好的话，可以闻名全国，于是我决定开始写作。部队给我提供了时间，提供了吃饱穿暖的机会。我站岗时身体站得笔直，但脑子里考虑的全是小说的事。我早期的作品大江先生可能没有看到过，我在80年代初期写了一些小说，完全是模仿"文革"期间那种写法：好人都是浓眉大眼，坏人都是歪鼻子斜眼。你看到的这一批作品已经是我打开童年记忆闸门以后的那一批了，比如《秋水》、《白狗秋千架》、《透明的红萝卜》、《红高粱》等等。这一批作品，一是跟大自然联系起来，二是有童年的梦幻和童话色彩，那是因为我的家乡是一个民间故事和传说比较发达的地方。我记得小时候有很多老人家讲故事，说咱们今天路过的这座桥下面有一个白鳝精，有一天晚上一个男人路过那座桥，遇到一个很漂亮的女人在哭，于是男人说："你别哭了，你是白鳝精变的吧。"那个女人就跳到河里消失了。大人们讲过很多鬼故事、狐狸的故事、各种妖魔鬼怪的故事等等。我记得我7岁的时候到我的大爷爷家去听他讲故事，都是鬼故事，听完了以后都不敢往家走，越怕越想听，越听越不敢往家走。我后来找到了一个克服恐惧的办法，就是一边跑一边高声歌唱。我经常会感觉到身旁有很多小动物在追赶我，或者旁边的墙头上正在走着一个妖怪。小时候夜里想小便都不敢下床，结果尿了床挨打的事是常有的。我想这些是源自对鬼怪的传说以及对大自然的恐怖。

　　大江：文学的效用之一、职责之一就在于赋予孩子们和人们一种方法，比如说教给孩子们和人们如何克服恐惧。我认为文学的一个目的在于，对孩提时代想象过结果在现实中真实上演的战争带来的冲击，以及对自己会死去这一点带来的冲击如何进行正面激励，以及如何让人们更有勇气。莫言在表现这一点上也特别突出，作品中经常出现大声唱歌的场面。在莫言文学的各个作品里真的总有放声唱起自己创作的歌曲——好像是自己创作的歌曲——经常描述这样放声歌唱的人的场面。听过你刚才的话，这一点也变得清晰易懂了。读《白狗秋千架》的时候，开头说——村子里纯白的狗越来越少，混血以后叫白狗的狗前爪上也总是带一点黑颜色，这就是我们村的狗的状况——作为叙述来说真是写得精妙。小说接着就进入主人公儿时的朋友、他远亲的女人这一话题。主人公的青年现在在城市里学习，他终于成了知识阶层的一员并将这样生活下去，而今他回到和今天我造访的村子的河流、荒地和平原一样的地方，见到一位女性，然后写到女性的眼睛有残疾，勾起了他孩提时代痛苦的记忆：荡秋千时自己让女孩受了伤。关于这个女子从描写她是个漂亮姑娘开始，到现在这个姑娘和有点残疾的人结了婚、饱受农村生活的苦楚为止。这个结尾非常特别。人们会问，这是善吗，还是恶？在这一天，一个少年仿佛真切地感受到了些什么，他大叫着放声歌唱。作品结尾好像让出场的人物散发了活力，有一种不可思议的力量。这一作品中写道少年和少女原本都有希望能进入解放军的音乐学校学习，还有青年进城以后的生活和以往的农村生活一点不相称等等这些，让我觉得这部作品真是杰作。不可思议的是，我读过的《透明的红萝卜》这个作品里，也写到一个少女为救少年眼睛受了伤。《白狗秋千架》也是从眼睛受伤开的头。为什么两部作品连续出现这一幕？我想问问在莫言心里或是灵魂深处有什么特别的原因吗？在我的小说里，有几次写到主人公"我"被其他孩子丢石块伤了一只眼睛，所以单眼视力很弱这一幕。我之所以会这样写自己眼睛受伤，可能是因为我离开村庄去都市有一定的负罪感。对我这样靠读书谋生的人来说眼睛是我在都市里生活下去的最重要的东西。想问问作者关于《白狗秋千架》的事。

莫言：您不提醒我还真的忘记了在这两部小说里我都写了眼睛受伤的女人。这两部小说的创作时间几乎是差不多的。《白狗秋千架》在前，这部小说的意义在于第一次出现了"高密东北乡"这个概念，我写这部小说的时候受到日本作家川端康成的影响，阅读他的《雪国》的时候，当我读到"一条壮硕的黑色秋田狗蹲在那里的一块踏石上，久久地舔着热水"时，脑海中犹如电光石火一闪烁，一个想法浮上心头。我随即抓起笔，在稿纸上写下这样的句子："高密东北乡原产白色温驯的大狗，绵延数代之后，很难再见一匹纯种。"《雪国》的这句话确定了《白狗秋千架》的写作基调，而且我下意识地把"高密东北乡"这5个字在小说里写出来了，此后在我的很多的小说里高密东北乡成了我专用的地理名称。我的很多小说都发生在这个环境里面。它已经不完全是一个地理上的概念，而是一个文学的王国。我在这里开创着自己的文学世界。这里面的女主人公和男主人公在少年时期的游戏过程中，从秋千架上掉下来，跌落在一丛灌木里把眼睛扎伤了。他们俩从小青梅竹马，结果女的变成了残疾人，男的后来离开了乡村，到城市里面有了很好的前途，显然就和农村人拉开了很大的距离，他们两人在社会地位上已经很不平等。他们之间的这种爱情肯定是不可能继续的，所以最后这个姑娘只好嫁给了一个哑巴生下了三个哑巴孩子。这是一个很古老的小说的模式：知识分子从城市回到乡村，用现代文明人的观点和视角看农村的现实生活、回忆他过去的生活。中国从"五四"时期开始就产生了一大批这样的小说，叫做"还乡小说"。从鲁迅的《故乡》开始。我的作品里，《透明的红萝卜》带有浓厚的童话色彩，是用儿童的视角写的，和《白狗秋千架》的视角是不一样的，后者是一个成人的视角，所以这两部小说在叙述和思想方面区别都比较大，有一个共同的地方就是都出现了眼睛有残疾的女人，都是因为意外的事故导致了美丽的东西被毁灭。不过我自己并没有意识到这个共同点，这说明写作当中是有潜意识的，要用弗洛伊德的心理学来分析可能还能发现一些东西。

我在念小学的时候，曾经参加了学校的一个文艺宣传队，每天晚上，到很远的村子去演出。我的一位家庭出身很好、人也长得很漂亮的女同学，也是宣传队的队员。有一天晚上，我们出发到一个村子去，路过一个小桥时，我捡起一块石片，想在河水上打一个水漂，但没有想到，那块石片飞到了这个女同学的眼睛上。这个女同学捂着眼睛就蹲在了地上，老师们赶紧把她送到医院里去。我吓得屁滚尿流，不知如何是好。因为这个女同学家出身很好，但我家的出身不是很好，如果她的眼睛出了问题，等待着我的会是什么结局，那就可想而知了。后来，这个女同学的眼睛幸亏没有出现什么大的问题，只是受了一点轻伤。这件事给我留下了难以磨灭的印象，每次想起来就感到后怕。这是不是就是让我在小说中下意识地写了两个眼睛意外受伤的女孩子的潜意识呢？

大江：我也多少读出些从川端的《雪国》里获得灵感的意思。对我来说，那原本是个谜团。我一直在想川端康成和莫言是如何连接的。现在终于明白了。作家和作家的意向之间的那种出于意图的拉扯关系、皮球一般的互动关系真是不可思议。

莫言：作家与作家之间的关系是很微妙的，作家与作家之间的影响有时候连评论家也发现不了。苏联的肖霍洛夫写了《一个人的遭遇》之后，海明威给肖霍洛夫写了一封信，说我看了你写的《一个人的遭遇》发现你学我的《老人与海》学得很好。我们作为普通的读者来读这两篇小说，根本就联想不到这两篇小说之间有这样的关系，所以如果我不说的话一般的人也根本发现不了我的《白狗秋千架》和《雪国》有什么关系。我想再过几年很可能我的小说里面也会出现受大江先生作品影响的情况。两个作家之间可能会产生心灵上的感应，尽管看起来他们写的东西可能很不相似。世界上这么多作家，但是能够成为影响其他作家的作家并不多。托尔斯泰尽管很伟大，但他的作品对我的创作影响却很小；有的作家虽然距我很遥远，但我一读他的作品就会产生灵感。我记得80年代读马尔克斯的作品时就产生过灵感。读两行我就不想读了，因为我的脑子里有很多的记忆被他的作品激活了。我不是要读他的书而是要放下书赶快写作我的东西。这几年我读大江先生的书也产生过这种感受。你生活中跟我生活中有很多东西很相似，我读你的小说的过程中很可能会构思出我的小说。

大江：我自己也是一边想着森林环绕的山间小村一边写小说的。可以说我的文学大部分是基于对那个村子的描写而成形的。仔细想想尽管我的村庄和小说中出现的森林中的村子有相似之处，但从根本上来讲是不同的。我把历史和现象等自己的东西掺进去创造了一个村庄。然而尽管不同，而且我是离开村子到都市生活的人，但是我认为深深刻在我记忆中的村子和我造出来的村子是紧密相连的。在莫言先生的作品里，这一点比我体现得更加现实主义。而且，莫言还在现实主义的基础上描绘出有趣的主人公，这是莫言文学对世界发出的强烈信号。我算不上是一个一直在写农村主题的作家，然而你却一直坚持在写农村的事情。我觉得那也是你的命运。我认为作为能表现真正的农村和农民的人来写属于中国现代史一部分、体现了中国现代史某一侧面的农村和都市，以及都市里的知识分子眼中的农村是非常重要的。中国现在迎来了改革开放的经济时代，很繁荣。我时隔两年再次来访发现这发展之快，或是说变化之大是令人震惊的。从身为日本人的我的经验来看，这样的时代里城乡差别会越来越大。我感觉日本农村已经失去了的那种强大的力量在中国的乡村中仍旧存在。读你的小说，又来到这里，见到你的亲属，也会了你老家的女性们，亲身感受到了那种能量。想问问你作为现在住在都市中心还在一边继续写农村的作家是怎么想的？

莫言：中国的城乡差别是比较严重的，城市和乡村明显地形成了两个不同的阶层。在过去的年代里，差别主要表现在经济上。城里人无论是荒年还是丰年，每个月都可以凭证购买粮食，不存在饿肚子的危险。而农民收成不好就要饿肚子，没有人管你。也许不是不想管，而是根本管不过来。城里人可以享受公费医疗拿退休金，而农村则没有人管。这跟我国从建国以来重视工业轻视农业、重视城市轻视乡村、重视工人轻视农民的政策有关。80年代以后城乡差别在某种程度上有所缩小，农民解决了温饱问题，时间上也有更大的自由。当时在生产队时期，人们每天要去参加劳动，没有任何自由，因为不劳动就没有工分，没有工分就没有粮食和烧火做饭的草。现在分地到家以后农民有了相对的自由。当然城乡差距仍然很大，城里文化科技比较发达，文明程度更高，法制化程度也高，而农民文化素质相对较低，个别农村干部素质也低。我想在很长的时间里城乡差别还是会存在的。再过十年二十年中国的城乡差别会是什么样，我作为一个作家很难预测。很难说生活在城市里面的我，写过去的或者当前的农村生活究竟会对改变现状发生什么作用。一个小说家的写作实际上是在寻找他已经失落的精神家园。小说中的故乡和我现实中的故乡差别已经很大了，我小说里的故乡既不是过去的也不是现在的，而是我想象中的，我是在想象中生活。

大江：我很关心你的小说《红高粱》，真是优秀的作品。《红高粱》被译成英文，是企鹅出版社出版的吧，那时候无论是美国还是欧洲都出现了很多书评。那边的评论说《红高粱》是魔幻现实主义的作品。在日本也有同样的评论，说这是魔术般的现实主义。比如说加西亚·马尔克斯这位拉美作家把潜伏在现实中的多种多样的侧面原样表现，或是描写能够自由飞越现实的人们。《红高粱》不但超越了历史，而且魔幻现实主义特有的那种贯穿国家和民族的东西和所有的要素也全都有。我最有感触的是，第一章和第二章里有刚才说到的那种形象的飞越和假想，也可以说就是魔幻现实主义。然后进入第三章、第四章，小说的表现深入还表现出很多其他的东西。一部很复杂的小说，进入这一章以后却变得那么的安静。然后就开始表现人的复杂和深度。作为小说家，这样从第一章开始写到第三章、第四章、第五章，渐渐加厚的写法是有的。你作为天才的年轻作家，到那时为止的短篇小说大师，为了加深自己的厚度写的《红高粱》获得了非常大的成功。身为作家我对你作为作家的创造方式深有感触。《红高粱》是怎样写成的呢？还想请你讲讲它和现在中国的联系。

莫言：《红高粱》是1984年的冬天写的，当时我在军校的艺术院校里学习，作品就是在那里写成的。之所以写这部作品有一些偶然性，有一次在开会的时候，一些老作家说："中国共产党有28年的战争历史，我们这些亲身经历过战争的人有很多的素材，但我们已经没有精力把它们写出来了，因为我们最好的青春年华在'文革'中耽搁了，而你们年轻的这一代有精力却没有亲身的体验，你们怎么写作呢。"我当时站起来发言说："我们可以通过别的方式来弥补这个缺陷。我没有听过放枪但我听过放鞭炮；我没有见过杀人但我见过杀鸡；我没有亲手跟敌人拼过刺刀但我在电影上见过。因为小说家不是要复制历史，那是历史学家的任务。小说家写战争——人类进化过程中很愚昧的现象，这种对人的灵魂扭曲或者人性在战争中的变异才是作家关注的重点。从这个意义上讲没有经过战争也可以写战争。"我的发言完了以后有的老作家说我口出狂言，怎么能写得好呢？于是我就开始写，没用一个星期就写完了。在落笔之前我确实是很费心斟酌了一番，"文革"前大量的小说实际上都是写战争的。当时的小说追求的主要目标是再现战争过程，注重描写从战前动员开始到一场战争的胜利为止这一过程，如果写得很逼真这个小说就会成功。我们这批新的小说家如果再这样写，就不会有什么意义。战争无非是小说家借用的一个外壳，小说家应该利用这个环境来表现人在这个环境中感情发生的变化。在考虑的时候，我首先想到了我的家乡曾经存在过的那片高粱地。在我10岁左右的时候，天经常下雨，每年都会洪水成灾，种矮秆庄稼要被淹死，所以只好种高粱，因为高粱的秆很高不会受影响。而且当时土地宽广人口稀少，在我爷爷和我奶奶那个时代，出了村子就是高粱地，一眼望不到边沿。人们把高粱地作为舞台，在那里边发生过很多很多的故事。后来很多评论家说在我的小说里红高粱已经不仅仅是一种植物，而是具有了某种象征意义，象征了民族精神。像我们这种年纪的作家毫无疑问都受到了西方文学的影响，因为在80年代以前中国是封闭的，西方文学发生了哪些变化有哪些作家出现，出现了哪些了不起的作品我们是不知道的。改革开放以后大量的西方文学被翻译介绍进来，我们有两三年的疯狂阅读时期，来自西方文学的影响就自然而然地产生了。不知不觉地就把某个作家的创作方式转移到自己的作品中来了。但必须说明的是我的《红高粱》系列作品没有受马尔克斯的影响，因为他的最有名的作品《百年孤独》1986年春天我才看到，我写《红高粱》则是在1985年的冬天，我在写到第三部的时候才看到《百年孤独》。当时感到很遗憾我为什么没有早一点想到用这样的方式来创作自己的作品？假如我在动笔之前看到了马尔克斯的作品，《红高粱》系列很可能是另外的样子。我之所以在80年代要写这么一部小说，或者说这样一部写历史写战争的小说之所以在中国引起了这么大的反响，恰好是因为这部作品表达了当时中国人一种共同的心态：中国在长时期的个人自由饱受压抑之后，《红高粱》恰好张扬了个性解放的精神——我要敢说、敢想、敢做。我当时并没有意识到我这样做是一件有意义的事，也没有想到老百姓会需要这样一种东西，所以说从某种意义上作家的写作也是一种撞大运。

大江：《红高粱》有作家独创的空间，我觉得是命运般的东西。这个作品里还有两点我特别喜欢。首先，作品里的那位女性散发出迷人的光彩。作品从一开始就写了神话里国家的形成、世界的被创造，以及家族的诞生等等。这样把中世纪的历史、近代史、现代史相连的写法也是魔幻现实主义的表现手法之一。《红高粱》一开始就创造出一个家……精悍的男青年遇上了女神般的少女。那个少女很迷人，而且最初还有神话般的趣味。然后渐渐地随着第三步第四步的深入，那个少女摇身变成了一个非常复杂的女人。这样复杂的女性让人几乎要觉得是电影无法表现的。但是作品里描绘出了一位生龙活虎、勇敢迷人、要好好过自己人生的少女。回想中国近代史上，表现30年代到40年代直到现在中国女性的生活方式的作品中，你描绘的女性形象非常独特，并且烙刻着中国女人的印迹。还有一点我非常喜欢，那就是作品的背景反映出在日本和中国的战争里日方是如何侵略中国的。然而，日本人不去想象日军破坏了什么样的村庄、毁掉了什么人的生活、带给别人甚至是妇女儿童什么样的痛苦经验，以及日本人对人类是否有罪行等等，他们想要避免了解这些事情。但是你的小说里，有像神话中的男女，还有人们在广袤的高粱地里作战以及村子几乎全部毁掉这样忠实的记叙。还有日军的反扑、村子几乎被烧光的情节，并且以此迎接新的情节展开。对于战争的描写莫言也有自己独特的手法。我想问的是，那个女性形象从何而来？为了描绘中国女性，作家应该关心什么、有什么野心等等。还有，想问一问你笔下的日本对中国的侵略以及非常残暴的虐杀。

莫言：我确实不太了解女性，我写的都是我想象中的女性，在30年代农村的现实生活中，像我小说里所描写的女性可能也很少存在，小说里的"我奶奶"也是个幻想中的人物。至于《红高粱》这部小说的独创性，20年过去后，我认为比较满意的地方是我使用的视角。过去的小说里有第一人称、第二人称、第三人称。《红高粱》一开头就是"我奶奶"、"我爷爷",既非第一人称也非第二人称。叙述起来非常方便,我一下子就变成了一个"唯一逃出来向你报信的人",实际上既是第一人称视角又是一个全知的客观视角。写到"我"的时候是第一人称,一写到"我奶奶",就立刻变成了"我奶奶",她的所有的内心世界我全都了解。这就比简单的第一人称视角要丰富、要宽阔得多。就视角而言,《红高粱》也许是一个首创,但后来有人写文章说,这样的视角,前苏联的一个作家曾经使用过。关于抗日战争,这在近代的中国历史上延缓的时间比较长,一共8年,中国的老百姓,尤其是山东的老百姓对此印象深刻。昨天我们路过的那个村庄就是《红高粱》小说故事原型的地方。当时实际上是一个误会,日本军队本来是要去包围另外一个村子的,但因为一个人指错了路,使得这个村子的一百多口人突然间丧命。

我小说中的女性与当时实际生活中的女性是不一样的,当然勤劳与吃苦是一样的,但"我奶奶"的那种浪漫精神是独特的。小说的后边部分,还出现了一个二奶奶,这个人物倒是有原型的。我的真实的三奶奶,也就是我的爷爷的三弟的太太,在一次日本人包围村子的战斗中,没有来得及跑出去避难,看到一个日本士兵手持生殖器从厕所里出来,对着她走过来,把她吓昏了,尽管这个日本士兵并没有对她做什么,但吓得她得了很重的病,后来就神经错乱,闹神闹鬼，半个村子都能听到她令人毛骨悚然的喊叫声。我母亲后来对我说起这事，还是心有余悸。对这场战争，我感到这是巨大的悲剧和谬误，因为战争不仅仅给中国人民带来了深重的灾难，也给日本人民带来了灾难。前几年去了日本，回来后这种感觉更加强烈。

大江：《红高粱》是世界闻名了，你还有一部名叫《酒国》的小说，也被译成了很多种文字。这部小说里写到你到一个地方去，那里的当权者对火车站的女站员说，这位老师就是电影《红高粱》的原作者等等。我对你这本小说深有感触。

《酒国》是部非常独特的小说。我从小说家的视角来看，认为它是一部非常感人的作品。这部小说对于如何写作以及如何用新的手法达到这样的高度等进行了非常诚实的实践。莫言自己也在小说中时隐时现。《酒国》和《红高粱》之间路途遥远，你是如何超越了这种距离写出《酒国》的？

莫言：我开笔写《酒国》是1989年的下半年，您知道，那是一个特殊的时期，许多人理想破灭，许多作家弃笔从商。我在经过了短期的痛苦和徘徊之后，认识到，只有拿起笔来写作，才可能把自己从痛苦中解救出来。而且，我也认为，越是在这样的时刻，越是要写作，用小说发言，这是我的责任。

《酒国》看上去写的是与酿酒、饮酒有关的故事，但其实我写的是一个巨大的寓言。小说中有许多看起来荒诞不经的情节，和许多戏谑的语言，但我真正要表达的还是那样一种对人世悲悯的精神。写这部小说的一个诱因是：我看到一篇报道，说一个大学毕业家庭出身不好的人被分配到煤矿的一个学校教书，由于他具有喝酒不醉的特异功能，因此被提拔到宣传部门专门陪人喝酒，并因此飞黄腾达。到了晚年，他回顾自己的一生到底干了什么，结果发现自己是无所作为，就是喝了几吨白酒而已。这个故事激发了我的创作灵感。毫无疑问，《酒国》在我作品中是最具有挑战性的。一是艺术上的挑战，刚才你也说了，它看起来是侦探小说的框架，写一个侦察员到煤矿侦察一个腐败的吃人案件，中间也穿插了很多神秘色彩的描写和魔幻的神秘情节。在结构上我也进行了大胆的探索，譬如我刚开始是一个作家，在写一部小说，我在写作的同时开始和一个业余作者通信，他源源不断地把他的作品寄给我，结果他小说中的故事、人物，和我写的小说中的故事和人物融为一体，成为了一部小说。最后，写作者我，也就是莫言，也作为一个人物直接进入了小说。二是题材的挑战性，写当前社会的"吃人"现象，揭露官员的腐败堕落，写得如此大胆、尖锐的作品确实不太多。当然说到吃人的问题首先是从鲁迅先生的小说中开始的。我在《酒国》里所描写的吃人和鲁迅先生所描写的吃人一样都是一种象征，真正描写吃人是没有什么文学价值的。我看到某些外文版，在宣传时，特别强调所谓的"吃人"事件，其实这是一种误解，是一种噱头，读者看完小说后，就会明白，《酒国》中的吃人，是一个象征。《酒国》里充满了象征，喝酒是象征，吃人是象征，那些肉孩子、小黑驴、小侏儒等，都不应该用现实主义的态度来读解。《酒国》的象征意义还不仅仅是指腐败现象，也象征了人类共同存在的阴暗心理和病态欲望，比如说对食物的需求已远远超出了身体需要的程度等。人的欲望是对大自然的一种强烈的破坏力量，欲望在正常的域值内是社会发展的动力，但一旦过度，马上就走向反面。

大江：《酒国》的最后，调查事实的检察官被困在酒国盛大的酒宴里，到底没能揭露出犯罪的真相来。小说最后产生了一个疑问，我对这与你后来写的追问地方政治不公正，追问内部有何种联系、有何新的影响这一点深有感触。那么，《酒国》之后，写出来发表的作品题目是叫《丰乳肥臀》吧。我认为这部作品很重要。理由的第一条，《酒国》远离了高密东北乡，但这部作品又回到了此处。这里是舞台。开头写的是《红高粱》里写过的非常悲惨的遭遇，日本兵和农村游击队的交锋这样的大事件，带给住在这个村和别的村子的怪盗以及对别的阶层的人们的影响等，然后再深入挖掘。正因为是这样的小说所以才非常重要。读到对中国文学不怎么报道的日本方面的消息说这部作品出了点事，首印数很大，都卖出去了。但后面的第二版、第三版都没有能够发行。从新闻上看到说盗版的《丰乳肥臀》反倒风行全国。这本书被翻译成日语了。发行量很大也有很多读者喜欢。我想这还是活在现在的莫言在文学史上的一部重要的作品。第一，正如刚才所言，它沿着《红高粱》的思路又回到了农村，描述了那里的事物和人物。第二，对现在中国残存之物的追问。也就是，莫言从中国农村神话的往昔开始，一直讲述着祖父辈和父辈以来一直未变的故事。那之后就是现在我们这一代，一直在叙述与中国农村现实紧密相连的故事。因此说中国农村是莫言先生文学上的命运。你这样的作家，我认为可以算得上是现代中国文明的一部分。我想从以上几点听听你讲关于最长的小说《丰乳肥臀》。

莫言：一部作品的产生有必然和偶然的双重性，写完《红高粱》之后，我又写了几部好像与高密东北乡不太沾边的东西。但我知道我肯定还要沿着《红高粱家族》这条路往前走，这是写《丰乳肥臀》的必然性。为什么说还有偶然性呢？在1990年的一天，我在北京地铁的出口处看见坐着一个农村来的妇女，她一手抱着一个孩子，两个孩子都坐在她腿上吃奶，这个女人看起来很憔悴很瘦弱，好像她全身的血液都变成了乳汁，要被两个孩子吸光了一样。我感到很震动。阳光照在她们母子身上，像圣母玛利亚一样。于是我就决定写这么一部书。但迟迟也很难下笔，到了1994年我母亲去世，我住在高密县城里，下决心要把这部书写出来，要歌颂人类劳动女性怎么样繁殖怎么样哺乳。但写的过程中，跟构思的不一样，大量有关高密东北乡的历史细节争先恐后地涌到我笔下。我想这部小说主要写了两个人物，一个是母亲，生过很多孩子，我想通过这个母亲为了生儿育女和男人的复杂性关系来揭示中国封建制度对女性的残酷迫害。她要受丈夫的虐待，受公婆的歧视，受社会的欺压，但深层的是揭示一个女人为了取得在社会在家庭中的地位而做的牺牲。另一个是叫上官金童的人物，这个人物具有高度的象征意义，他是一个眷恋乳房的男人，刚开始离了母亲的乳汁就无法生存，吃别的食物都会呕吐。到了四十多岁还是离不开母亲的乳房，对乳房有特别痴迷的眷恋，以至于他母亲后来都痛骂他："我本来想生一个站着撒尿的儿子，没想到生了一个窝囊废，我不要一个整天吊在女人乳房上的男人，我要的是一个顶天立地的男人。"我觉得小说的价值在于塑造了一个中国近代小说史上没有出现过的这么一个典型人物，当然也还描写了这样一种充满象征意味的母子关系。

　　小说发表之后，得了一个大奖，有很多的赞扬声，但也有强烈的批评，有些人还往上告状。我在压力之下给出版社写信，说你们不要再版这本书了。过了几年，也就是90年代末，我看到很多评论家重新注意这部书，一位哲学教授在他的一本书里用一章的篇幅论述了上官金童这个人物形象，他说就像人人的灵魂深处都隐藏着一个小小的阿Q一样，我们认真考虑一下，我们近代的中国人每个人的灵魂深处都有一个小小的上官金童。我们每个人都在眷恋着一些其实并不重要的东西，就像那个上官金童眷恋着乳房一样。

大江：我，作家大江健三郎和作家莫言，从摄制组人员那里拿来问题，相互讨论。这些问题是为了探讨21世纪里中国小说家的责任。我成为小说家已近40年，要是问我作家生活在那个国家应该承担什么样的责任，我从来都没有能作出认真的回答。我研究的领域是作家如何创造出一种方法来写作，我认为作家必须找到相互之间的相似点是作家不得不做的自觉的工作。我现在已经67岁了。莫言比我年轻20岁，前方的路还很长。对我来说小说家是什么呢？要是真有什么责任的话又会是什么呢，我现在终于考虑起来了。现在，我能把它做个简要的归纳。那是德国著名作家托马斯·曼说过的话。他说，所谓作家，就是想象、构筑未来的人性——假设现在是21世纪的开始的话，那么就是想象、构筑21世纪中叶或是21世纪末的人性会是什么样。我出生在托马斯·曼思考的未来里，工作着、考虑着21世纪日本人会有何种人性，会遇到何种困难。

26

 题解

当小说家妄图把他的创作实践"升华"成指导创作实践的理论时，当小说家妄图从自己的小说里抽象出关于小说的理论时，往往就陷入了尴尬的两难境地。当然并不排除个别的小说家能写出确实深奥的理论文章——一般地说，理论越深奥离真理越远——但对大多数小说家而言，小说的理论就是小说的陷阱。在人生的天平上，你要么是砝码，要么是需要衡量的物质；在冶铁的作坊里，你要么是铁砧，要么是铁锤。这两个斩钉截铁的比喻其实并不严密。蝙蝠见到老鼠时说：我是你们的同类。蝙蝠见到燕子时说：我也是飞鸟。但蝙蝠终究被生物学家归到兽类里，它终究不是鸟。但蝙蝠终究能够像鸟一样在夕阳里，甚至在暗夜里飞翔，并因为名字的关系，被中国人视为吉祥的象征。在不得已的时候，它还是把自己说成是鸟——这就是我这样的小说家对理论的态度。

 小说理论的尴尬

　　毫无疑问，小说的理论是小说之后的产物，在没有小说理论之前，小说已经洋洋蔚为大观。最早的小说理论，应该是金圣叹、毛宗岗父子夹杂在小说字里行间那些断断续续的批语。根据我个人的阅读经验，这些批评文字与原小说中铺陈炫技、牵强附会的诗词一样，都是阅读的障碍，我是从不读这些文字的。但金圣叹们批评得津津有味，后代的小说理论家们也从这些文字里发现了最早的小说理论与小说美学。由此可见，小说理论开始时与小说家毫无关系，也与绝大多数读者没有关系。批评小说的金圣叹们首先是读书入迷的读者，心得太多，忍不住批批点点，这行为起始纯属自娱，但印到书上，性质就转变为娱人，就具有了指导读者阅读欣赏的功能，倘若这读者中有一个受他的启发，捉笔写起小说来，那么这些批评文字便具有了指导创作的功能。所以，小说的理论产生于阅读，小说理论的实践是创作。最纯粹的小说理论只具备指导阅读和指导创作这两个功能。但现代的或者是后现代的小说批评，早已变成了批评家们炫耀技巧、玩弄词藻的跑马场，与小说批评的本来意义剥离日久，横行霸道的新潮小说批评早已摆脱了对小说的依存关系并日渐把小说变成批评的附庸，这种依存关系的颠倒，使小说理论与小说创作变成了几乎互不相干的事情，小说已变成新潮批评家进行技巧表演时所需要的道具，这种小说批评的强烈的自我表演欲望和小说创作渴望被表演的欲望，就使得部分小说家变成了跪在小说批评家面前的齐眉举案的贤妻，渴望被批评，渴望被强奸。存在的就是合理的。这种自成了体统的时髦小说批评终究会因其过分阳春白雪而走向自己的反面；而返璞归真的小说批评会因其比小说更朴素的率直与坦白永远生存下去。新潮的小说理论操作方式是：把简单的变成复杂的，把明白的变成晦涩的，在没有象征的地方搞出象征，在没有魔幻的地方弄出魔幻，把一个原本平庸的小说家抬举到高深莫测的程度。朴素的小说理论操作方式是：把貌似复杂实则简单的还原成简单的，把故意晦涩的剥离成明白的，剔除人为的象征，揭开魔术师的盒子。我倾向朴素的小说批评，因为朴素的小说批评是既对读者负责又对小说负责，同时也对批评者自己负责，尽管面对着这样的批评和进行这样的自我批评是与追求浮华绮靡的世风相悖的。

 小说究竟是什么

巴尔扎克认为小说是一个民族的秘史，米兰昆德拉认为小说是人类精神的最高综合，普鲁斯特认为小说是寻找逝去时间的工具——他的确也用这工具寻找到了逝去的时间，并把它物化在文字的海洋里，物化在"玛德莱娜"小糕点里，物化在繁华绮丽、层层叠叠的对往昔生活回忆的描写中。我也曾经多次狂妄地给小说下过定义：1984年，我曾说小说是小说家猖狂想象的记录；1985年，我曾说小说是梦境与真实的结合；1986年，我曾说小说是一曲忧悒的、埋葬童年的挽歌；1987年，我曾说小说是人类情绪的容器；1988年我曾说小说是人类寻找失落的精神家园的古老的雄心；1989年我曾说小说是小说家精神生活的生理性切片；1990年我曾说小说是一团火滚来滚去，是一股水涌来涌去，是一只遍体辉煌的大鸟飞来飞去……玄而又玄，众妙之门，有多少个小说家就有多少种关于小说的定义，这些定义往往都带着强烈的感情色彩，都具有模糊性因而也就具有涵盖性，都是相当形而上的，难以认真对待也不必要认真对待。高明的小说家喜欢跟读者开玩笑，尤其愿意对着喜欢把简单问题复杂化的评论家恶作剧。当评论家对着一个古怪的词语或一个莫名其妙的细节抓耳挠腮时，小说家正站在他身后偷笑，乔伊斯在偷笑，福克纳在偷笑，马尔克斯也在偷笑。

我无意做一篇深奥的论文，杀了我我也写不出一篇深奥的文章。我没有理论素养，脑子里没有理论术语，而理论术语就像屠夫手里的钢刀，没有它是办不成事的。我的文章主要是为着文学爱好者的，我的文章遵循着实用主义的原则，对村里的文学青年也许有点儿用，对城里的所有人都没有一点儿用。

剥掉成千上万小说家和小说批评家们给小说披上的神秘的外衣，展现在我们面前的小说，就变成了几个很简单的要素：语言、故事、结构。语言由语法和字词构成，故事由人物的活动和人物的关系构成，结构则基本上是一种技术。无论多么高明的作家，无论多么伟大的小说，也是由这些要素构成的，调动着这些要素操作，所谓的作家的风格，也主要通过这三个要素——最主要的是通过语言和故事的要素表现出来，不但表现出作家的作品风格，而且表现出作家的个性特征。

为什么我用这样的语言叙述这样的故事？因为我的写作是寻找失去的故乡，因为我的童年生活的地方就是我的故乡。作家的故乡并不仅仅是指父母之邦，而是指童年乃至青年时代生活过的地方。马尔克斯说作家过了30岁就像一只老了的鹦鹉，再也学不会语言，大概也是指的作家与故乡的关系。作家不是学出来的，写作的才能如同一颗冬眠在心灵里的种子，只要有了合适的外部条件就能开花结果，学习的过程，实际上就是寻找这颗种子的过程，没有的东西是永远也找不到的，所以，文学院里培养的更多是一些懂得如何写作但永远也不会写作的人。人人都有故乡，但为什么不能人人都成作家？这个问题应该由上帝来回答。

上帝给了你能够领略人类感情变迁的心灵，故乡赋予你故事、赋予你语言，剩下的便是你自己的事情了，谁也帮不上你的忙。

我终于逼近了问题的核心：小说家与故乡的关系，更准确地说是：小说家创造的小说与小说家的故乡的关系。

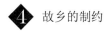 故乡的制约

18年前，当我作为一个地地道道的农民在高密东北乡贫瘠的土地上辛勤劳作时，我对那块土地充满了刻骨的仇恨。它耗干了祖先们的血汗，也正在消耗着我的生命。我们面朝黄土背朝天，比牛马付出的还要多，得到的却是衣不蔽体、食不果腹的凄凉生活。夏天我们在酷热中煎熬，冬天我们在寒风中颤栗。一切都看厌了，岁月在麻木中流逝着，那些低矮、破旧的草屋，那条干涸的河流，那些土木偶像般的乡亲，那些凶狠奸诈的村干部，那些愚笨骄横的干部子弟……当时我曾幻想着，假如有一天，我能幸运地逃离这块土地，我决不会再回来。所以，当我爬上1976年2月16日装运新兵的卡车时，当那些与我同车的小伙子流着眼泪与送行者告别时，我连头也没回。我感到我如一只飞出了牢笼的鸟。我觉得那儿已经没有任何值得我留恋的东西了。我希望汽车开得越快、开得越远越好，最好能开到海角天涯。当汽车停在一个离高密东北乡只有三百多里的军营，带兵的人说到了目的地时，我感到深深的失望。多么遗憾这是一次不过瘾的逃离，故乡如一个巨大的阴影依然笼罩着我。但两年后，当我重新踏上故乡的土地时，我的心情竟是那样的激动。

当我看到满身尘土、满头麦芒、眼睛红肿的母亲艰难地挪动着小脚从打麦场上迎着我走来时，一股滚热的液体哽住了我的喉咙，我的眼睛里饱含着泪水——这情景后来被写进我的小说《爆炸》里——为什么眼睛里饱含着泪水，因为我爱你爱得深沉——那时候，我就隐隐约约地感觉到了故乡对一个人的制约。对于生你养你、埋葬着你祖先灵骨的那块土地，你可以爱它，也可以恨它，但你无法摆脱它。因此，"大风起兮云飞扬。威加海内兮归故乡"，因此，"我欲渡河河无梁，愿化黄鹄还故乡。还故乡，入故里，徘徊故乡，苦身不已。繁舞寄声无不泰，徘徊桑梓游天外"。功成名就了要回故乡，"富贵不还故乡，犹如衣锦夜行"，穷愁潦倒了要回故乡，"羁鸟恋旧林，池鱼思故渊"，垂垂将老了要归故乡，"狐死归首丘，故乡安可忘"……遍翻文学史，上下五千年，英雄豪杰、浪子骚客如过江之鲫络绎不绝，留下的和没留下的诗篇里，故乡始终是一个主题，一个忧伤而甜蜜的情结，一个命定的归宿，一个渴望中的或现实中的最后的表演舞台。刘邦是作为成功者进行了一次不成功的表演——被他的老乡亲揭了市井流氓的老底；项羽作为一个失败者，无颜见江东父老，宁死也不肯过江东了。实际上，这种儿女情长的思乡情结在某种程度上是毁了项羽帝王基业的重要原因。英雄豪杰难以切断故乡这根脐带，何论凡夫俗子？四面楚歌，逃光了江东子弟，是故乡情结作怪也。英雄豪杰的故乡情融铸成历史，文人墨客的故乡情吟咏成诗篇。千秋万代，此劫难逃。

1978年，在枯燥的军营生活中，我拿起了创作的笔，本来想写一篇以海岛为背景的军营小说，但涌到我脑海里的却都是故乡的情景。故乡的土地、故乡的河流、故乡的植物，包括大豆，包括棉花，包括高粱，红的白的黄的，一片一片，海市蜃楼般的，从我面前的层层海浪里涌现出来。故乡的方言土语，从喧哗的海洋深处传来，在我耳边缭绕。当时我努力抵制着故乡的声色犬马对我的诱惑，去写海洋、山峦、军营，虽然也发表了几篇这样的小说，但一看就是假货，因为我所描写的东西与我没有丝毫感情上的联系，我既不爱它们，也不恨它们。在以后的几年里，我一直采取着这种极端错误的抵制故乡的态度。为了让小说道德高尚，我给主人公的手里塞一本《列宁选集》，为了让小说有贵族气息，我让主人公日弹钢琴三百曲……胡编乱造，附庸风雅，吃一片洋面包，便学着放洋屁；撮一顿涮羊肉，便改行做回民。就像渔民的女儿是蒲扇脚、牧民的儿子是镰柄腿一样，我这个20岁才离了高密东北乡的土包子，无论如何乔装打扮，也成不了文雅公子，我的小说无论装点上什么样的花环，也只能是地瓜小说。其实，就在我做着远离故乡的努力的同时，我却在一步步地、不自觉地向故乡靠拢。到了1984年秋天，在一篇题为《白狗秋千架》的小说里，我第一次战战兢兢地打起了"高密东北乡"的旗号，从此便开始了啸聚山林、打家劫舍的文学生涯，"原本想趁火打劫，谁知道弄假成真"。我成了文学的"高密东北乡"的开天辟地的皇帝，发号施令，颐指气使，要谁死谁就死，要谁活谁就活，饱尝了君临天下的乐趣。什么钢琴啦、面包啦、原子弹啦、臭狗屎啦、摩登女郎、地痞流氓、皇亲国戚、假洋鬼子、真传教士……统统都塞到高粱地里去了。就像一位作家说的那样："莫言的小说都是从高密东北乡这条破麻袋里摸出来的。"他的本意是讥讽，我却把这讥讽当成了对我的最高的嘉奖，这条破麻袋，可真是好宝贝，狠狠一摸，摸出部长篇，轻轻一摸，摸出部中篇，伸进一个指头，拈出几个短篇。——之所以说这些话，因为我认为文学是吹牛的事业但不是拍马的事业，骂一位小说家是吹牛大王，就等于拍了他一个响亮的马屁。

从此之后，我感觉到那种可以称为"灵感"的激情在我胸中奔涌，经常是在创作一篇小说的过程中，又构思出了新的小说。这时我强烈地感觉到，20年农村生活中，所有的黑暗和苦难，都是上帝对我的恩赐。虽然我身居闹市，但我的精神已回到故乡，我的灵魂寄托在对故乡的回忆里，失去的时间突然又以充满声色的画面的形式出现在我的面前。这时，我才感到自己比较地理解了普鲁斯特和他的《追忆似水年华》。

放眼世界文学史，大凡有独特风格的作家，都有自己的一个文学共和国。威廉·福克纳有他的"约克纳帕塔法县"，加西亚·马尔克斯有他的"马孔多"小镇，鲁迅有他的"鲁镇"，沈从文有他的"边城"。而这些的文学的共和国，无一不是在它们的君主的真正的故乡的基础上创建起来的。还有许许多多的作家，虽然没把他们的作品限定在一个特定的文学地理名称内，但里边的许多描写，依然是以他们的故乡和故乡生活为蓝本的。戴·赫·劳伦斯的几乎所有小说里都弥漫着诺丁汉郡伊斯特伍德煤矿区的煤粉和水汽；肖洛霍夫的《静静的顿河》里的顿河就是那条哺育了哥萨克的草原也哺育了他的顿河，所以他才能吟唱出"哎呀，静静的顿河，你是我们的父亲！"那样悲怆苍凉的歌谣。

这样的例子不胜枚举。

为什么会是这样呢？

 故乡是"血地"

在本文的第三节中我曾特别强调过：作家的故乡并不仅仅是指父母之邦，而是指作家在那里度过了童年乃至青年时期的地方。这地方有母亲生你时流出的血，这地方埋葬着你的祖先，这地方是你的"血地"。几年前我在接受一个记者的采访时，曾就"知青作家"写农村题材的问题发表过一些不合时宜的言论，我大概的意思是，知青作家下到农村时，一般都是青年了，思维方式已经定型，所以他们尽管目睹了农村的愚昧落后，亲历了农村的物质贫困和劳动艰辛，但却无法理解农民的思维方式。这些话当即遭到反驳，反驳者并举出了郑义、李锐、史铁生等写农村题材的"知青作家"为例来批驳我的观点。毫无疑问，上述三位都是我所敬重的出类拔萃

的作家，他们的作品里有一部分是杰出的农村题材小说，但那毕竟是知青写的农村，总透露着一种隐隐约约的旁观者态度。这些小说缺少一种很难说清的东西（这丝毫不影响小说的艺术价值），其原因就是这地方没有作家的童年，没有与你血肉相连的情感。所以"知青作家"一般都能两手操作，一手写农村，一手写都市，而写都市的篇章中往往有感情饱满的传世之作，如史铁生的著名散文《我与地坛》。史氏的《我的遥远的清平湾》虽也是出色作品，但较之《我与地坛》，则明显逊色。《我与地坛》里有宗教，有上帝，更重要的是：有母亲，有童年。这里似乎有一个悖论：《我与地坛》主要是写作家因病回城的生活的，并不是写他的童年。我的解释是：史氏的"血地"是北京，他自称插队前跟随着父母搬了好几次家，始终围绕着地坛，而且是越搬越近——他是呼吸着地坛里的繁花佳木排放出的新鲜氧气长大的孩子。他的地坛是他的"血地"的一部分。——我一向不敢分析同代人的作品，铁生兄佛心似海，当能谅我。

有过许多关于童年经验与作家创作关系的论述，李贽提出"童心"说，他认为："夫童心者，绝假纯真，最初一念之本心也。"有了"最初一念之本心"，就能看到一个真实的世界。如康·巴乌斯托夫斯基说："对生活，对我们周围一切的诗意的理解，是童年时代给我们的最伟大的馈赠。如果一个人在悠长而严肃的岁月中没有失去这个馈赠，那就是诗人和作家。"《金蔷薇》最著名的当数海明威的名言："不幸的童年是作家的摇篮。"当然也有童年幸福的作家，但即便是幸福的童年经验，也是作家的最宝贵的财富。从生理学的角度讲，童年是弱小的，需要救助的；从心理学的角度讲，童年是梦幻的、恐惧的、渴望爱抚的；从认识论的角度讲，童年是幼稚的、天真的、片面的。这个时期的一切感觉是最肤浅的也是最深刻的，这个时期的一切经验更具有艺术的色彩而缺乏实用的色彩，这个时期的记忆是刻在骨头上的而成年后的记忆是留在皮毛上的。而不幸福的童年最直接的结果就是一颗被扭曲的心灵，畸形的感觉，病态的个性，导致无数的千奇百怪的梦境和对自然、社会、人生的骇世惊俗的看法，这就是李贽的"童心"说和海明威"摇篮"说的本意吧。问题的根本是：这一切都是发生在故乡，我所界定的故乡概念，其重要内涵就是童年的经验。如果承认作家对童年经验的依赖，也就等于承认了作家对故乡的依赖。

有几位评论家曾以我为例，分析过童年视角与我的创作的关系，其中写的沾边的，是上海作家程德培的《被记忆缠绕的世界》，副题是"莫言创作中的童年视角"，程说："这是一个联系着遥远过去的精灵的游荡，一个由无数感觉相互交织与撞击而形成的精神的回旋，一个被记忆缠绕的世界。""作者经常用一种现时的顺境来映现过去的农村生活，而在这种'心灵化'的叠影中，作者又复活了自己孩提时代的痛苦与欢乐。"程还直接引用了我的小说《大风》中的一段话："童年时代就像沙丘消逝在这条灰白的镶着野草的河堤上，爷爷用他的手臂推着我的肉体，用他的歌声推着我的灵魂，一直向前走。"程说："莫言的作品经常写到饥饿和水灾，这绝非偶然。对人的记忆来说，这无疑是童年生活所留下的阴影，而一旦这种记忆中的阴影要顽强地在作品中表现出来的时候，它又成了作品本身不可或缺的色调与背景。"程说："在缺乏抚爱与物质的贫困面前，童年时代的黄金辉光便开始黯然失色。于是，在现实生活中消失的光泽，便在想象的天地中化为感觉与幻觉的精灵。微光既是对黑暗的心灵抗争，亦是一种补充，童年失去的东西越多，抗争与补充的欲望就越强烈。"——再引用下去便有剽窃之嫌，但季红真说："一个在乡土社会度过了少年时代的作家，是很难不以乡土社会作为审视世界的基本视角的。童年的经验，常常是一个作家重要的创作冲动，特别是在他的创作之始。莫言的小说首次引起普遍的关注，显然是一批以其童年的乡土社会经验为题材的作品。乡土社会的基本视角与有限制的童年视角相重叠代表他这一时期的叙述个性，并且在他的文本序列中，表征出恋乡与怨乡的双重心理情结。"

评论家像火把一样照亮了我的童年，使许多往事出现在眼前，我不得不又一次引用流氓皇帝朱元璋对他的谋士刘基说的话：原本是趁火打劫，谁知道弄假成真！

1955年春天，我出生在高密东北乡一个偏僻落后的小村里。我出生的房子又矮又破，四处漏风，上面漏雨，墙壁和房笆被多年的炊烟熏得漆黑。根据村里古老的习俗，产妇分娩时，身下要垫上从大街上扫来的浮土，新生儿一出母腹，就落在这土上。没人对我解释过这习俗的意义，但我猜想到这是"万物土中生"这一古老信念的具体实践。我当然也是首先落在了那堆由父亲从大街上扫来的被千人万人踩践过、混杂着牛羊粪便和野草种子的浮土上。这也许是我终于成了一个乡土作家而没有成为一个城市作家的根本原因吧。我的家庭成员很多，有爷爷、奶奶、父亲、母亲、叔叔、婶婶、哥哥、姐姐，后来我婶婶又生了几个比我小的男孩。我们的家庭是当时村里人口最多的家庭。大人们都忙着干活，没人管我，我悄悄地长大了。我小时候能在一窝蚂蚁旁边蹲整整一天，看着那些小东西忙忙碌碌地进进出出，脑子里转动着许多稀奇古怪的念头。我记住的最早的一件事，是掉进盛夏的茅坑里，灌了一肚子粪水。我大哥把我从坑里救上来，扛到河里去洗干净了。那条河是耀眼的，河水是滚烫的，许多赤裸着身体的黑大汉在河里洗澡、抓鱼。正如程德培猜测的一样，童年留给我的印象最深刻的事就是洪水和饥饿。那条河里每年夏、秋总是洪水滔滔，浪涛澎湃，水声喧哗，从河中升起。坐在我家炕头上，就能看到河中的高过屋脊的洪水。大人们都在河堤上守护着，老太婆烧香磕头祈祷着，传说中的鳖精在河中兴风作浪。每到夜晚，到处都是响亮的蛙鸣，那时的高密东北乡确实是水族们的乐园，青蛙能使一个巨大的池塘改变颜色。满街都是蠢蠢爬动的癞蛤蟆，有的蛤蟆大如马蹄，令人望之生畏。那时的气候是酷热的，那时的孩子整个夏天都不穿衣服。我上小学一年级时就是光着屁股赤着脚，一丝不挂地去的，最早教我们的是操外县口音的纪老师，是个大姑娘，一进教室看到一群光腚猴子，吓得转身逃走。那时的冬天是奇冷的，夜晚是真正的伸手不见五指。田野里一片片绿色的鬼火闪闪烁烁，常常有一些巨大的、莫名其妙的火球在暗夜中滚来滚去。那时死人特别多，每年春天都有几十个人被饿死。那时我们都是大肚子，肚皮上满是青筋，肚皮薄得透明，肠子蠢蠢欲动……这一切，都如眼前的情景，历历在目。所以当我第一次读了加西亚·马尔克斯的《百年孤独》之后，便产生了强烈的共鸣，同时也惋惜不已，这些奇情异景，只能用别的方式写出，而不能用魔幻的方式表现了。由于我相貌奇丑、喜欢尿床、嘴馋手懒，在家庭中是最不讨人喜欢的一员，再加上生活贫困、政治压迫使长辈们心情不好，所以我的童年是黑暗的，恐怖、饥饿伴随我成长。这样的童年也许是我成为作家的一个重要原因吧。这样的童年必然地建立了一种与故乡血肉相连的关系，故乡的山川河流、动物植物都被童年的感情浸淫过，都带上了浓厚的感情色彩，许多后来的朋友都忘记了，但故乡的一切都忘不了。高粱叶子在风中飘扬，成群的蚂蚱在草地上飞翔，牛脖上的味道经常进入我的梦，夜雾弥漫中，突然响起了狐狸的鸣叫，梧桐树下，竟然蛰伏着一只像磨盘那么大的癞蛤蟆，比斗笠还大的黑蝙蝠在村头的破庙里鬼鬼祟祟地滑翔着……总之，截至目前的我的作品里，都充溢着我童年时的感觉，而我的文学生涯，则是从我光着屁股走进学校的那一刻开始。

 ## 6 故乡就是经历

英年早逝的美国作家托马斯·沃尔夫坚决地说："一切严肃的作品说到底必然都是自传性质的，而且一个人如果想要创造出任何一件具有真实价值的东西，他便必须使用他自己生活中的素材和经历。"（托马斯·沃尔夫讲演录《一部小说的故事》）他的话虽然过分绝对化，但确有他的道理。任何一个作家——真正的作家——都必然地要利用自己的亲身经历来编织故事，而情感的经历比身体的经历更为重要。作家在利用自己的亲身经历时，总是想把自己隐藏起来，总是要将那经历改头换面，但明眼的批评家也总是能揪住狐狸的尾巴。

托马斯·沃尔夫在他的杰作《天使望故乡》里几乎是原封不动地搬用了他故乡的材料，以致小说发表后，激起了乡亲们的愤怒，使他几年不敢回故乡。托马斯·沃尔夫是一个极端的例子。诸如因使用了某些亲历材料而引起官司的，也屡见不鲜。如巴尔加斯·略萨的《胡利娅姨妈与作家》就因过分"忠于"事实而引起胡利娅的愤怒，自己也写了一本《作家与胡利娅姨妈》来澄清事实。

所谓"经历"，大致是指一个人在某段时间内、在某个环境里，干了一件什么事，并与某些人发生了这样那样的、直接或间接

的关系。一般来说，作家很少原封不动地使用这些经历，除非这经历本身就已经比较完整。

在这个问题上，故乡与写作的关系并不特别重要，因为有许多作家在逃离故乡后，也许经历了惊心动魄的事。但对我个人而言，离开故乡后的经历平淡无奇，所以，就特别看重故乡的经历。

我的小说中，直接利用了故乡经历的，是短篇小说《枯河》和中篇小说《透明的红萝卜》。

"文革"期间，我12岁那年秋天，在一个桥梁工地上当小工，起初砸石子，后来给铁匠拉风箱。在一个阳光明媚的中午，铁匠们和石匠们躺在桥洞里休息，因为腹中饥饿难挨，我溜到生产队的萝卜地里，拔了一棵红萝卜，正要吃时，被一个贫下中农抓住了。他揍了我一顿，拖着我往桥梁工地上送。我赖着不走，他就十分机智地把我脚上那双半新的鞋子剥走，送到工地领导那儿。挨到天黑，因为怕丢了鞋子回家挨揍，只好去找领导要鞋。领导是个猿猴模样的人，他集合起队伍，让我向毛主席请罪。队伍聚在桥洞前，二百多人站着，黑压压一片。太阳正在落山，半边天都烧红了，像梦境一样。领导把毛主席像挂起来，让我请罪。

我哭着，跪在毛主席像前结结巴巴地说："毛主席……我偷了一个红萝卜……犯了罪……罪该万死……"

民工们都低着头，不说话。

张领导说："认识还比较深刻，饶了你吧。"

张领导把鞋子还了我。

我忐忑不安地往家走。回家后就挨了一顿毒打。出现在《枯河》中的这段文字，几乎是当时情景的再现：

哥哥把他扔到院子里，对准他的屁股用力踢了一脚，喊道："起来，你专门给家里闯祸！"他躺在地上不肯动，哥哥很用力地连续踢着他的屁股，说："滚起来，你作了孽还有功啦是不？"

他奇迹般站起来（在小说中，他此时已被村支部书记打了半死），一步步倒退到墙角上去，站定后，惊恐地看着瘦长的哥哥。

哥哥愤怒地对母亲说："砸死他算了，留着也是个祸害。本来今年我还有希望去当个兵，这下全完了。"

他悲哀地看着母亲。母亲从来没有打过他。母亲流着眼泪走过来。他委屈地叫了一声娘。

……母亲戴着铁顶针的手狠狠地抽到他的耳门子上，他干嚎了一声……母亲从草垛上抽出一根干棉花柴，对着他没鼻子没眼地抽着。

父亲一步步走上来。夕阳照着父亲愁苦的面孔……父亲左手拎着他的脖子，右手拎着一只鞋子……父亲的厚底老鞋第一下打在他的脑袋上，把他的脖子几乎钉进腔子里去。那只老鞋更多地是落到他的背上，急一阵，慢一阵，鞋底越来越薄，一片片泥土飞散着……

抄写着这些文字，我的心脏一阵阵不舒服，看过《枯河》的人也许还记得，那个名叫小虎的孩子，最终是被自己的亲人活活打死的，而真实的情况是：当父亲用蘸了盐水的绳子打我时，爷爷赶来解救了我。爷爷当时愤愤地说："不就是拔了个鸟操的萝卜嘛！还用得着这样打？！"爷爷与我小说中的土匪毫无关系，他是个勤劳的农民，对人民公社一直有看法，他留恋二十亩地一头牛的小农生活。他一直扬言：人民公社是兔子尾巴长不了。想不到如今果真应验了。父亲是好父亲，母亲是好母亲，促使他们痛打我的原因一是因为我在毛泽东像前当众请罪伤了他们的自尊心，二是因为我家出身上中农，必须老老实实，才能苟且偷安。我的《枯河》实则是一篇声讨极左路线的檄文，在不正常的社会中，是没有爱的，环境使人残酷无情。

当然，并非只有挨过毒打才能写出小说，但如果没有这段故乡经历，我决写不出《枯河》。同样，也写不出我的成名之作《透明的红萝卜》。

《透明的红萝卜》写在《枯河》之前。此文以纯粹的"童年视角"为批评家所称道，为我带来了声誉，但这一切，均于无意中完成，写作时根本没想到什么视角，只想到我在铁匠炉边度过的60个日日夜夜。文中那些神奇的意象、古怪的感觉，盖源于我那段奇特经历。畸形的心灵必然会使生活变形，所以在文中，红萝卜是透明的，火车是匍匐的怪兽，头发丝儿落地轰然有声，姑娘的围巾是燃烧的火苗……

将自己的故乡经历融汇到小说中去的例子，可谓俯拾皆是：水上勉的《雪孩儿》、《雁寺》，福克纳的《熊》，川端康成的《雪国》，劳伦斯的《母亲与情人》……这些作品里，都清晰地浮现着作家的影子。

一个作家难以逃脱自己的经历，而最难逃脱的是故乡的经历。有时候，即便是非故乡的经历，也被移植到故乡经历中。

 故乡的风景

风景描写——环境描写——地理环境、自然植被、人文风俗、饮食起居，等等诸如此类的描写，是近代小说的一个重要构成部分。即便是继承中国传统小说写法的"山药蛋"鼻祖赵树理的小说，也还是有一定比例的风景描写。当你构思了一个故事，最方便的写法是把这故事发生的环境放在你的故乡。孙犁在荷花淀里，老舍在小羊圈胡同里，沈从文在凤凰城里，马尔克斯在马孔多，乔伊斯在都柏林，我当然是在高密东北乡。

现代小说的所谓气氛，实则是由主观性的、感觉化的风景——环境描写制造出来的。巴尔扎克式的照相式的繁琐描写已被当代的小说家所抛弃。在当代小说家笔下，大自然是有灵魂的，一切都是通灵的，而这万物通灵的感受主要是依赖着童年的故乡培育发展起来的。用最通俗的说法是：写你熟悉的东西。

我不可能把我的人物放到甘蔗林里去，我只能把我的人物放到高粱地里。因为我很多次地经历过高粱从播种到收获的全过程，我闭着眼睛就能想到高粱是怎样一天天长成的。我不但知道高粱的味道，甚至知道高粱的思想。马尔克斯是世界级大作家，但他写不了高粱地，他只能写他的香蕉林，因为高粱地是我高密东北乡文学王国的一个重要组成部分，这里反抗任何侵入者，就像当年反抗日本侵略者一样。同样，我也绝对不敢去写拉丁美洲的热带雨林，那不是我的故乡。

回到了故乡我如鱼得水，离开了故乡我举步艰难。

我在《枯河》里写了故乡的河流，在《透明的红萝卜》里写了故乡的桥洞和黄麻地，在《欢乐》里写了故乡的学校和池塘，在《白棉花》里写了故乡的棉田和棉花加工厂，在《球状闪电》中写了故乡的草甸子和芦苇地，在《爆炸》中写了故乡的卫生院和打麦场，在《金发婴儿》中写了故乡的道路和小酒店，在《老枪》中写了故乡的梨园和洼地，在《白狗秋千架》中写了故乡的白狗和桥头，在《天堂蒜薹之歌》中写了故乡的大蒜和槐林，尽管这个故事是取材于震惊全国的"苍山蒜薹事件"，但我却把它搬到了高密东北乡，因为我脑子里必须有一个完整的村庄，才可能得心应手地调度我的人物。

故乡的风景之所以富有灵性、魅力无穷，主要的原因是故乡的风景里有童年。我在《透明的红萝卜》中写一个大桥洞，写得那么高大、神奇，但当我陪着几个摄影师重返故乡去拍摄这个桥洞时，不但摄影师们感到失望，连我自己也感到惊讶。毫无疑问眼前的桥洞还是当年的那个桥洞，但留在我脑海里的高大宏伟，甚至带着几分庄严的感觉不知跑到哪里去了。眼前的桥洞又矮又小，伸手即可触摸洞顶。桥洞还是那个桥洞，但我已不是当年的我。这也进一步证明了我在《透明的红萝卜》中的确运用了童年视角。文中的景物都是故乡的童年印象，是变形的、童话化了的，小说的浓厚的童话色彩赖此产生。

 故乡的人物

1988年春天的一个上午，我正在高密东北乡的一间仓库里写作时，一个衣衫褴褛的老人走进了我的房间。他叫王文义，按辈分我该叫他叔。我慌忙起身让座、敬烟。他抽着烟、不高兴地问："听说你把我写到书里去了？"我急忙解释，说那是一时的糊涂，现在已经改了，云云。老人抽了一支烟，便走了。我独坐桌前、沉思良久。我的确把这个王文义写进了小说《红高粱》，当然有所改造。王文义当过八路，在一次战斗中，耳朵受了伤，他扔掉大枪，捂着头跑回来，大声哭叫着："连长，连长，我的头没有了……"连长踢了他一脚。骂道："混蛋，没有头还能说话！你的枪呢？"王文义说："扔到壕沟里了。"连长骂了几句，又冒着弹雨冲上去，把

那支大枪摸回来。这件事在故乡是当笑话讲的，王文义也供认不讳。别人嘲笑他胆小时，他总是笑。

我写《红高粱》时，自然地想到了王文义，想到了他的模样、声音、表情，他所经历的那场战斗，也仿佛在我眼前。我原想换一个名字，叫王三王四什么的，但一换名字，那些有声有色的画面便不见了。可见在某种情况下，名字并不仅仅是个符号，而是一个生命的组成部分。

我从来没感到过素材的匮乏，只要一想到家乡，那些乡亲们便奔涌前来，他们个个精彩，形貌各异，妙趣横生，每个人都有一串故事，每个人都是现成的典型人物。我写了几百万字的小说，只写了故乡的边边角角，许多非常文学的人，正站在那儿等待着我。故乡之所以会成为我创作的不竭的源泉，是因为随着我年龄、阅历的增长，会不断地重塑故乡的人物、环境等。这就意味着一个作家可以在他一生的全部创作中不断地吸收他的童年经验的永不枯竭的资源。

 故乡的传说

其实，我想，绝大多数的人，都是听着故事长大的，并且都会变成讲述故事的人。作家与一般的故事讲述者的区别是把故事写成文字。往往越是贫穷落后的地方故事越多。这些故事一类是妖魔鬼

怪，一类是奇人奇事。对于作家来说，这是一笔巨大的财富，是故乡最丰厚的馈赠。故乡的传说和故事，应该属于文化的范畴，这种非典籍文化，正是民族的独特气质和禀赋的摇篮，也是作家个性形成的重要因素。马尔克斯如果不是从外祖母嘴里听了那么多的传说，绝对写不出他的惊世之作《百年孤独》。《百年孤独》之所以被卡洛斯·富恩特斯誉为"拉丁美洲的圣经"，其主要原因是"传说是架通历史与文学的桥梁"。

我的故乡离蒲松龄的故乡三百里，我们那儿妖魔鬼怪的故事也特别发达。许多故事与《聊斋》中的故事大同小异。我不知道是人们先看了《聊斋》后讲故事，还是先有了这些故事而后有《聊斋》。我宁愿先有了鬼怪妖狐而后有《聊斋》。我想当年蒲留仙在他的家门口大树下摆着茶水请过往行人讲故事时，我的某一位老乡亲曾饮过他的茶水，并为他提供了故事素材。

我的小说中直写鬼怪的不多，《草鞋窨子》里写了一些，《生蹼的祖先》中写了一些。但我必须承认少时听过的鬼怪故事对我产生的深刻影响，它培养了我对大自然的敬畏，它影响了我感受世界的方式。童年的我是被恐怖感紧紧攫住的。我独自一人站在一片高粱地边上时，听到风把高粱叶子吹得飒飒作响，往往周身发冷，头皮发炸，那些挥舞着叶片的高粱，宛若一群张牙舞爪的生灵，对着我扑过来，于是我便怪叫着逃跑了。一条河流，一棵老树，一座坟墓，都能使我感到恐惧，至于究竟怕什么，我自己也解释不清楚。

但我惧怕的只是故乡的自然景物，别的地方的自然景观无论多么雄伟壮大，也引不起我的敬畏。

奇人奇事是故乡传说的重要内容。我曾在一篇文章中写过：历史在某种意义上就是一堆传奇故事，越是久远的历史，距离真相越远，距离文学愈近。所以司马迁的《史记》根本不能当做历史来看。历史上的人物、事件在民间口头流传的过程，实际上就是一个传奇化的过程。每一个传说者，为了感染他的听众，都在不自觉地添油加醋，再到后来，麻雀变成了凤凰，野兔变成了麒麟。历史是人写的，英雄是人造的。人对现实不满时便怀念过去；人对自己不满时便崇拜祖先。我的小说《红高粱家族》大概也就是这类东西。事实上，我们的祖先跟我们差不多，那些昔日的荣耀和辉煌大多是我们的理想。然而这把往昔理想化、把古人传奇化的传说，恰是小说家取之不尽，用之不竭的创作源泉。它是关于故乡的、也是关于祖先的，于是便与作家产生了水乳交融的关系，于是作家在利用故乡传说的同时，也被故乡传说利用着。故乡传说是作家创作的素材，作家则是故乡传说的造物。

超越故乡

还是那个托马斯·沃尔夫说过："我已经发现，认识自己故乡的办法是离开它；寻找到故乡的办法，是到自己心中去找它，到自己的头脑中、自己的记忆中、自己的精神中以及到一个异乡去找它。"（托马斯·沃尔夫讲演录《一部小说的故事》）他的话引起我强烈的共鸣——当我置身于故乡时，眼前的一切都是烂熟的风景，丝毫没能显示出它们内在的价值、它们的与众不同，但当我远离故乡后，当我拿起文学创作之笔后，我便感受到一种无家可归的痛苦，一种无法抑制的对精神故乡的渴求便产生了。你总得把自己的灵魂安置在一个地方，所以故乡变成为一种寄托，变成为一个置身都市的乡土作家的最后的避难所。肖洛霍夫和福克纳更彻底——他们干脆搬回到故乡去居住了——也许在不久的将来，我也会回到高密东北乡去，遗憾的是那里的一切都已面目全非，现实中的故乡与我回忆中的故乡、与我用想象力丰富了许多的故乡已经不是一回事。作家的故乡更多的是一个回忆往昔的梦境，它是以历史上的某些真实生活为根据的，但平添了无数的花草，作家正像无数的传说者一样，为了吸引读者，不断地为他梦中的故乡添枝加叶——这种将故乡梦幻化、将故乡情感化的企图里，便萌动了超越故乡的希望和超越故乡的可能性。

高举着乡土文学的旗帜的作家，大致可以分为这样两种类型：一种是终生厮守于此，忠诚地为故乡唱着赞歌，作家的道德价值标准也就是故乡的道德价值标准，他们除了记录，不再做别的工作，这样的作家也许能成为具有地方色彩的作家，但这地方色彩并不是真正意义上的文学风格。所谓的文学风格，并不仅仅是指搬用方言土语、描写地方景物，而是指一种熔铸着作家独特思维方式、独特思想观点的独特风貌，从语言到故事、从人物到结构，都是独特的、区别他人的。而要形成这样的风格，作家的确需要远离故乡，获得多样的感受，方能在参照中发现故乡的独特，先进的或是落后的；方能发现在诸多的独特性中所包含着的普遍性，而这特殊的普遍，正是文学冲出地区、走向世界的通行证。这也就是托·斯·艾略特在他的著名论文《美国文学和美国语言》中所指出的："任何一位在民族文学发展过程中能够代表一个时代的作家都应具备这两种特性——突发地表现出来的地方色彩和作品的自在的普遍意义……假如在相当长的一段时间内，外国人对某位作家的倾慕始终不变，这就足以证明这位作家善于在自己写作的书里，把地区性的东西和普遍性的东西结合在一起。"沈从文、马尔克斯、鲁迅等人，正是这一类远离故乡之后，把故乡作为精神支柱，赞美着它、批判着它，丰富着它、发展着它，最终将特殊中的普遍凸显出来，获得了走向世界的通行证的作家。

托马斯·沃尔夫在他短暂一生的后期，意识到自己有必要从自我中跳出来，从狭隘的故乡观念中跳出来，去尽量地理解广大的世界，用更崭新的思想去洞察生活，把更丰富的生活写进自己的作品，可惜他还没来得及认真去做就去世了。

苏联文艺评论家TT·B·巴里耶夫斯基曾经精辟地比较过海明威、奥尔丁顿等作家与福克纳的区别："福克纳这时走的却是另一条路。他在当前的时代中寻求某种联系过去时代的东西，一种连绵不断的人类价值的纽带；并且发现这种纽带原出于他的故乡密西西比河的一小块土地。在这儿他发现了一个宇宙，一种斩不断的和不会令人失望的纽带。于是他以解开这条纽带而了其余生。这就是海明威、奥尔丁顿和其他作家们成为把当代问题的波浪从自己的周围迅速传播出去的世界闻名作家的原因，而福克纳——无可争辩地是个民族的、或甚至是个区域性的艺术家——他慢慢地、艰苦地向异化的世界显示他与这个世界的密切关系，显示人性基础的重要性，从而使自己成为一个全球性的作家。"（外国文学研究资料丛刊《福克纳评论集》）

托马斯·沃尔夫所觉悟到的正是福克纳实践着的。沃尔夫记录了他的真实的故乡，而福克纳却在他真实故乡的基础上创造了一个比他的真实故乡更丰富、更博大的文学故乡。福克纳营造他的文学故乡时使用了全世界的材料，其中最重要的材料当然是他的思想——他的时空观、道德观，是他的文学宫殿的两根支柱。这些东西，也许是他在学习飞行的学校里获得的，也许是他在旅馆的澡盆里悟到的。

福克纳是我们的——起码是我的——光辉的榜样，他为我们提供了成功的经验，但也为我们设置了陷阱。你不可能超越福克纳达到的高度，你只能在他的山峰旁另外建造一座山峰。福克纳也是马尔克斯的精神导师，马尔克斯学了福克纳的方法，建起了自己的故乡，但支撑他的宫殿的支柱是孤独。我们不可能另外去发现一种别的方法，唯一可做的是——学习马尔克斯——发现自己的精神支柱。

故乡的经历、故乡的风景、故乡的传说，是任何一个作家都难以逃脱的梦境，但要将这梦境变成小说，必须赋予这梦境以思想，这思想水平的高低，决定了你将达到的高度，这里没有进步、落后之分，只有肤浅和深刻的区别。对故乡的超越首先是思想的超越，或者说是哲学的超越，这束哲学的灵光，不知将照耀到哪颗幸运的头颅上，我与我的同行们在一样努力地祈祷着、企盼着成为幸运的头颅。